たった一つのいいこと

三浦千賀子詩集

竹林館

三浦千賀子詩集

たった一つのいいこと

目次

挿画　三浦　勉

カバー写真　三浦千賀子

たった一つのいいこと

I

眼差し

四畳半の下宿屋で
病院の給食係勤務の夜学生は
水銀灯のともる大学に通った

貧しく何もなかった私なのに
足のハンディをものともせず
真っ直ぐ顔をあげて来れたのは
なぜだろう

そのころ私は世界の中心であった
思考することも

行動することも
人を愛することも
何ものも恐れず
世界の中心であった

失うものは何もなかった
あの人の眼差しが
真っ直ぐ届けられていたと思えたから
さみしい夜の大学のバス停を
照らす月のように

バトンタッチ

敗戦の年
１９４５年１月に生まれた
母の背に負われて
空襲の大阪を生き延びた

３歳の時、結核性股関節炎の病気により
右足が不自由になったが
教師になりたいと思った

働きながら通った夜間大学
ベトナム反戦デモにも参加し
水銀灯の下で恋もした

１９４５年生まれだから
戦後○○年は私の人生そのもの

社会科教師として
中学校の教壇に立ったその日から
子どもたちと戦争や平和について学んできた
広島や長崎の子どもの作文や詩を読む
教室の隅々から突き刺さってくる瞳を感じな
がら

私にプレゼントされた「平和」の79年
成長盛りの子どもたちと心置きなくぶつかり
　合えた

いま、歩行困難になり
ロシアのウクライナ侵攻に
反対するデモにも参加できないことが悔しい

これからの「平和」の79年
次の世代の人たちに
お返ししなくては
どうバトンタッチしようか

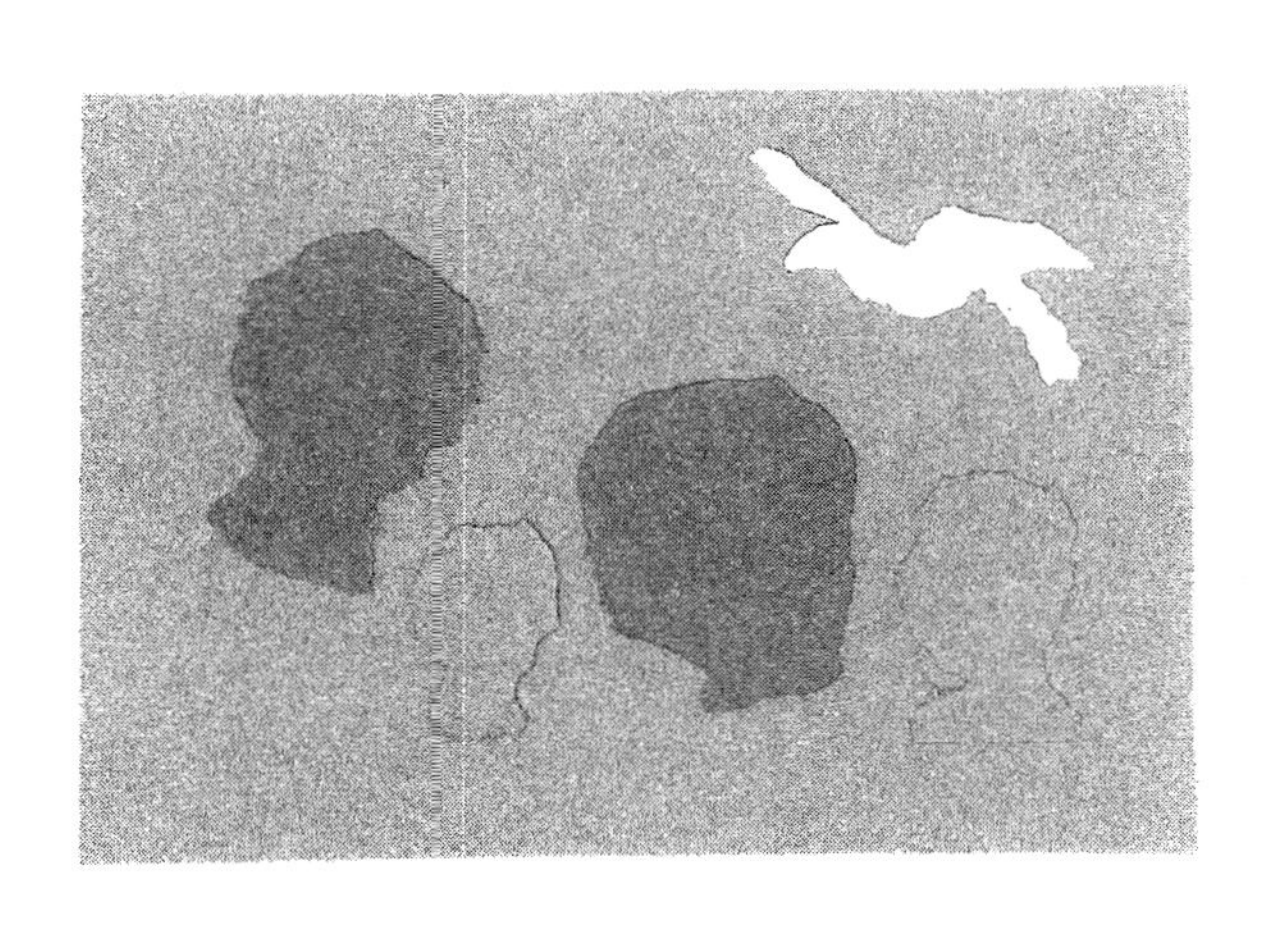

夜間大学があったから

夜間大学があったから
貧しい勤労学生にも
将来への夢が持てた

夜間大学があったから
大学病院の給食係のアルバイトで
調理師のおじさん・おばさんたちに
励まされ仕事をした

夜間大学があったから
同じように働き学ぶ仲間を得、
ベトナム反戦などを共にたたかった

夜間大学があったから
尊敬していたH先生のようになりたいと
教職をめざせた

夜間大学があったから
今の夫と大学のキャンバスでめぐり逢い
恋に落ちた

夜間大学があったから

歩行困難を抱えていても
前を向いて歩けた

夜間大学があったから
夢が実現して
中学校の教員になり
わたしは子どもたちの前に立った

夜間大学があったから
私も・・・

小さな器

私の人生は
小さな器から
水がこぼれてしまわないように
その均衡をいかに保つかが問われてきた
子どもの頃の病気で

両足のバランスがとりにくく
小さな器は最初からアップアップだった
働きながら夜間大学に行き教員免許をとり
期せずして立ちっぱなしの中学校教員として
31年

器より入れる水が多すぎて時にアップアップ
　したが
子どもらの真っ直ぐな瞳が私を励ましてくれた

退職して18年
登校拒否の子どもたちの教育相談にあたった
万歩計で1万歩
四つの乗り物を乗り換え相談室へ
小さな器の水は
もうほとんど枯れてしまっていたか

それからほどなくして
杖なしで歩けなくなった
東北の被災地へ
たった一人で出かけて行った私は

もう、どこにもいない

小さな器は
あと少し何かができないかと
辺りを見まわしている

サッカー

３歳の時
結核性股関節炎で
右足の自由を失って
最も スポーツから遠い所にいた私

その私が
サッカーワールドカップから
目を離せない

シュートの成功にしても失敗にしても
思いっきり抱き合ったり

ピッチにひざまずいて悔し涙を流したり
局面ごとの選手たちの表現の豊かさに
他のスポーツでは見られない
人間臭さを感じている

ルールは解らなくても
全身でぶつかり合ってボールをとり
ゴールを目指すシンプルなゲーム

日本代表がクロアチア戦で
同点のままＰＫ戦を迎え

三人のシュートが
いずれもゴールキーパーに阻まれた時は
さすがに私も悔しかった

最もスポーツに遠い人がひかれる
サッカーの魅力は何処からくるのだろう

夜の大学

夜の大学が私の夢を育んでくれた
大学病院の地下にある給食係に勤めた
給料一万弐千円なり
大阪府の奨学金月五千円なり
収入はそれがすべて
年間の授業料と月五千円の下宿代をそれで賄い
後は食費、定期代などでぎりぎり

市大病院の給食係には
エプロンをつけたおじさんおばさんたちがいて
約六百人の患者さんの食事を準備している

地下の給食係には蒸気が立ち込めていて
たくさんの食器を上げ下ろしして消毒している

私の仕事は病棟の看護師さんから連絡を受け
患者さん一人一人にあった
腎臓食とか糖尿病食とかの食事カードを
一枚ずつ消毒して用意し調理場に届ける

おじさんおばさんたちは五時前になると
大学に行くように声をかけてくれる

それから10分ばかり阪和線に乗って
大学に向かうのである
電車は仕事帰りの人で満員
杉本町で慌てて降りて大学の学食に向かう

そんな慌ただしい毎日も
教職免許をとるというので苦にならなかった
定時制高校で教育実習をすませ
夢の教員免許をとった

水銀灯が照らす校庭で
私は今の夫に出会った
四畳半の下宿屋での二人の青春
ベトナム戦争反対のデモ行進にも参加

〝神田川〟の世界そのものを生きていた
今その二人はすっかり年を重ねた
あの時の洗い場のおじさんたちがなつかしい

義弟と義妹

中2の時、
義母に連れられて
義妹と義弟が我が家にやってきた
まだ3歳だった義弟は
坊主頭にクリクリの眼

私は受験生で
玄関の上がり框の2畳の部屋に
勉強机を置いていた

母との別れを
受け入れられなかった私は
自分のことで精一杯だったためか
義妹や義弟のことを
顧みることができなかった

その二人が
引っ越し先の部屋に来て
運びこまれた家具の表面や
引き出しの中一つ一つを
きれいに拭いてくれている

一日中、粘り強く

地味な仕事に見えるが
後で収納するとき
安心して入れることができる

二人には何もしてあげられなかったな
との思いがひとしきりよぎった

たった一つの

3歳の時、結核性股関節炎になった私は
小中を通じて体育の授業は見学
ずっと思っていた
――一度でいいから運動場を
　みんなと一緒に走りたい、と……

中学校の教壇に立って31年の間で
たまたま卓球部顧問になった数年間
指導者としてのノウハウも何も持たないまま
試合に来ていた他校の顧問から学んだりし
この私が朝練や多球練習などしたのだ

２０００年の春、教壇を去って
私は市の卓球教室に入った
女性の指導者が卓球の基礎から教えてくれた
生まれて初めて私は本格的なスポーツに出
　会った
そして約15年、難波体育館での試合に出たり
もした

今、歩行困難で杖でやっとこさ歩いている
勿論、5年ほど卓球はできなかった

今住んでいるマンションには卓球台があり
空いている時は練習できると知った
夫と二人で時たま練習している
両手を離して立てない私が
卓球台の前で不安定な格好で立っている
全くできないと思っていたが
20年ほどやった卓球は生きていた

人生でたった一つ
私の体育は卓球
長い間、私の中で憧憬であったもの

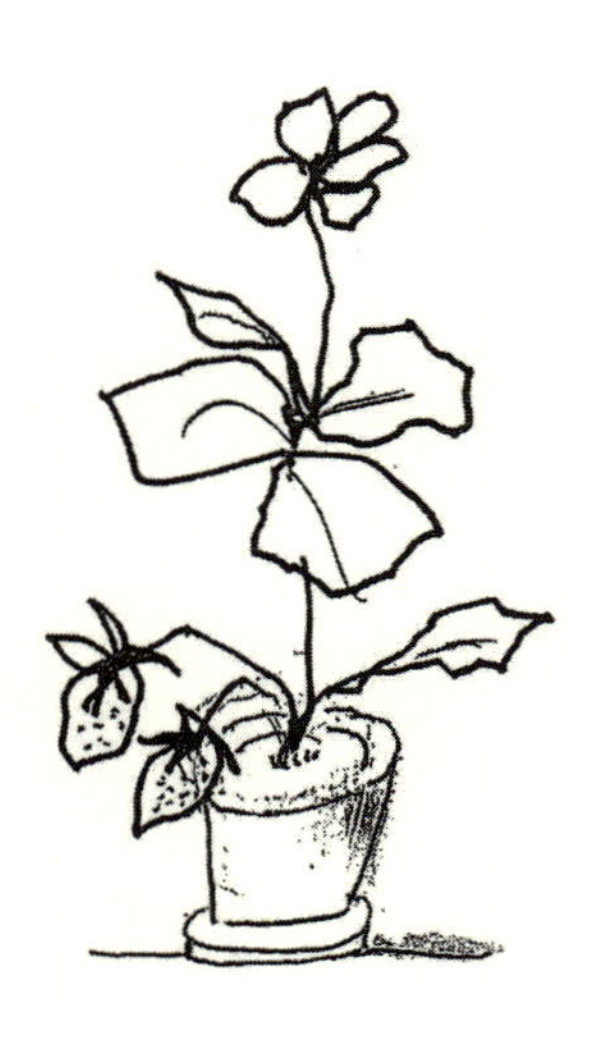

II

苺の花

〝いちごの花が咲いたよ〟
リビングのベランダ側で
体操をしていた夫が声をかけてきた

ゆっくり歩いて見に行くと
小さな五弁の白い花びらが
まるで星のように開いて
二つ顔を出していた

行きつけの喫茶店のマスターに
私の最新詩集を進呈した夫
マスターはお客さんも読めるようにと
店内に置いてくれていた

ある日、一人の男性のお客さんが
私の詩を読んで感動したというのだ
そのお客さんがマスターに言づけてくれた
一鉢の苗
その苗に夫は毎日水を遣ってくれていた

名も知らぬ一人のお客さんの
白い星の返礼は
可愛すぎて面映ゆい
詩を読んでくれる人のいるうれしさ

「書く」ことで

本屋で時間をかけて
本を探すこと
婦人服のお店で
実用的でオシャレな服を探すこと

そんな、ささやかな楽しみを
求めることも、できなくなった
一ヶ所で十秒も
立っていられないのだ

どこへ行くのも
何をするのも
自分の足で、自分の意志で
出来たのに

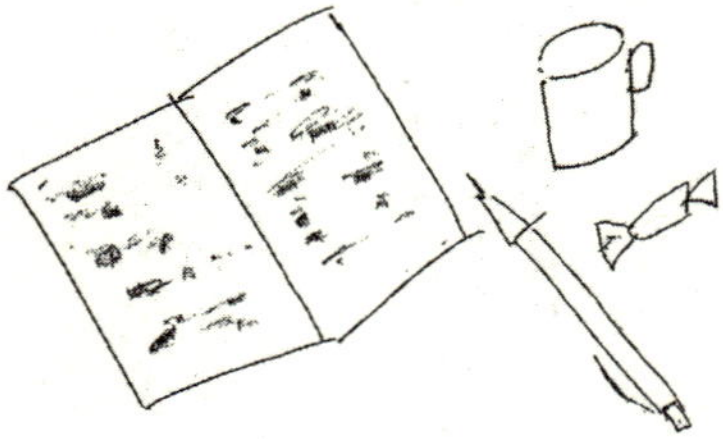

「書く」ことで
行ける場所があるかも、と
ある詩人が手紙に書いてくれた

「書く」ことで
行ける場所とはどんな所だろうか

魂が自由に飛んでいける所とは
そこに自由な私の魂を
受け止めてくれるものがあるだろうか

訪問美容

大きな布袋を二つ下げて
中年の女性がやってきた

リビングに直径3ｍはあるビニールを拡げる
私の体も青いビニールで覆われる

簡単な問診をして
素早く鋏をもってスタート
大雑把に全体をカットしていく
全体構想がなければできない速さだ
なのに微調整は結構丁寧だ
首筋のムダ毛や眉もカットしてくれる
最後は白粉の一はけも

カットそのものは実質15分ぐらいではないか
白いビニールをクルクル巻きよせて

あっという間に後片付け
出張料込みで３７００円なり
すべて30分以内で終わった

介護の現場に
こんな凄腕の美容師さんがいたのだ

最後にテーブルの上に目をやって
――こんなこともされているんですね
と私の詩集に手を延ばされた
見ていないようで短い時間に観察されている

こういう人の存在で
介護の現場の奥深さを知る

新たな挑戦

西成労働センターは
ホームレスの命綱である
建物の周りは青いテントや
段ボールの家があり
ささやかな「生」を営んでいる
それを再開発の名のもとに
大阪府が裁判に訴えた

ホームレスに明け渡しを命じた

そのおじさんたちに本を届ける友人がいる
不法投棄されたごみの山(市が片付けてくれない)
　に囲まれて住んでいるTさんと
一緒に絵本を読もうとしたHさん
中卒やから本は読めないというTさんも
谷川俊太郎の詩の絵本を見て

これやったら読めると身を乗り出した
Tさんの布団の上に座り込み
声を合わせて詩を読んだという友人Hさん
そのおとぎ話のような光景を思い浮かべる

最後のページを読み終わったとき
Tさんが思わずフーッと息を吐いたのを
Hさんは見逃さなかった
それはTさんのどんな心?

本を読む中でおじさんたちとの
おしゃべりの値打ちに気づいた
彼女の新たな挑戦を
応援します

介護事業所

月子さんの介護事業所では
私の個人詩集を回覧して
みんなで読んでくれているというのだ

前号は作品に
月子さんで出ていた
今号は
ヘルパーさんと出ている
などと言い合いながら
詩集の内容に話が飛ぶらしい

詩論が交わされるなんて
開かれた職場だなぁーと感心

我が家の掃除をしながら
そんな話をしてくれるヘルパーさん
介護という制度が確立していなかった時代の
祖母たちの困難を想いながら・・

詩論

歩行困難になって
自分らしく行動できなくなり
それを嘆いて詩を書いたら
「書く」ことで、行ける場所があるかも、と
ある詩人が手紙に書いてくれた

今度はその詩人の言葉を詩に書いたら
お礼のハガキを書くことで
三浦センセイの所へ行けると大東市の詩人Ｋ
さん

今度は「読む」ことで、行ける場所があるか
もと

岡山県の詩人Ａさん

歩行困難だからこそ「書ける」世界があるの
かもと
教育相談員らしいＴさんの言葉

「書く」ことで、読者の方々の中に
詩論が展開されている
予想せぬ事態に
詩人は　タジタジ・・・

文芸コーナー

マンションのフロアーの一角に
文芸の掲示コーナーがある
俳句や詩や絵画など
月ごとに作品は貼り替えられる

俳句をたしなまれているＨ氏に
夫がたまたま私の詩集を差し上げたら
その中から一篇を選んでくださり
パソコンで打ち直して
そのコーナーに貼り出してくださった

九十代のＨ氏が
労をいとわず
人の作品に手をかしてくださる
有難いことである

そのコーナーが無かったら
平凡なマンションである
お陰で文化の香りがする
囲碁や卓球や歌声等のサークルもあり
活発なマンションである

——貴方の詩集回覧していましたよ
——妻と二人で詩集を朗読しあっています
等と声かけられて
詩が生きて働いていることを知る

坂道の人々

Hさんは坂を上がったところの幼稚園のバス
　の先生
私たち二人が月の話をしていたところを通り
　かかって
関心をもってくれた
友達になってからもらった手紙はもう五通に
　もなった

二台の自転車で前、後ろを行く老夫婦
挨拶を交わすうちに、畑に行くところだと分
　かった
畑でとれた新鮮な野菜を届けてくださって
　びっくり

近くの公園で体操をしている人たちが
帰ってくる時間だ
いつの間にかその人たちとも言葉を交わして
　いた

犬の散歩にやってくる人たち
犬種はさまざまである
飼い主にかわいがられている犬は

人懐こく近寄ってくる
犬の大好きな私たちはついかまってしまう

こういうわけで
見知らぬ街に引っ越してきた私たちだが
声をかけ合える知人ができた
毎朝人々と言葉を交わすのが楽しみである

自転車の二人

前、後ろを二台の自転車で
畑仕事に出かけるらしい老夫婦と
朝の散歩道で出会った

何気なく挨拶を交わすうちに
すてきな笑顔が返ってくるようになった

私たちより少し年上らしい二人
深いしわに刻まれたセンパイの笑顔がまぶしい

ある日、自転車の二人を止めて
手作り詩集とお菓子を手渡した

すると、びっくり
その日のうちにダンナさんが
詩集の住所を見てマンションに
おいしい干し柿を届けてくれたのだ

そして数日後、私が休憩している場所へ
止まってくれた二人
「会えて、うれしい！」と奥さんがつぶやい
てくれた

「宝」の一言、に尽きる
何の利害関係もない
私たちだからこそ嬉しい言葉
この年で出会えた友との絆
大切にしたい

出会い続けたい

3ヶ月に一度
個人詩集「憧憬」を発行している
最初に届くのは親しい人からのメール

お孫さんの世話をしながら
障害者の作業所のボランティアをしているKさん

ホームレスとさりげない交流を続けながら
西成に本を運んでいるHさん

体調不良でしばらく休んでいた
手話サークルに復帰するというTさん

高齢になってからも
社会の弱者と繋がって
自分らしく生きている友人たちの姿が伝わってくる

通院と買い物以外は
ほとんど外出できないKさん

衰えていく体力を維持するために
太極拳を仲間と共に頑張っているTさん

友人たちの生きるための
健気なたたかいが伝わってくる

行きたい所には行けない
やりたいこともできないことが多い

そんな私は
書くことで
出会い続けたいのである

III

子どもたちに見守られて

悦ちゃんが笑っている
クラスでは両手で顔を隠していた
青空学級に来て
初めてみせてくれたこの笑顔

窓際に駆け寄って
指で作ったわっかから
まるで空を見ているような
可憐なちーちゃんの姿

ブーミンシュー意味不明の挨拶を
毎日交わして学習した
自閉症の純くんと肩組んで
写したピースサインの写真

二本の杖の音を廊下中に響かせて
懸命に通った弘くんと
握手した時の手の力強さ

もう79歳になってしまった担任に
センセイ　ゲンキ？
と未だに電話をしてきては
確認してくれるゆかりちゃん

そんな子どもたちの当時のままの写真が
リビングの棚のあちこちから
私を見守っている

一枚の写真が物語る
一人一人の子どもたちとの触れ合い
彼等から教えられた数々のこと
それは得難い人生の宝物であった

桜を見に

健ちゃんは外に出れない
エネルギー満ち溢れる青春時代を
世の荒波にさらすことなく
静かに自分と向き合ってきた

〝登校拒否を克服する会〟で
他のお母さんたちと手を取り合ってこられた
健ちゃんのお母さん
健ちゃんをまるごと受け止めてこられた

その健ちゃんが
満開の桜の花を見ると
私を「桜を見に連れて行ったげ」
と言うのだそうな。

自らの有様を受け止めるだけで
精一杯であるだろうに
その上でなお　人にさせてあげたい
彼の心は何なのだろう

想像する以上に
彼は強い人に違いない

本当のことを言うと
私は健ちゃんと
桜の花を見に行きたいのです

夏の再会

42歳になる卒業生が
同窓会を開くという
アキヨシくんがマンションまで
車で迎えに来てくれるという
同じ車に
アイコちゃんも同乗してくれるという

松原市のマンションに住んでいたころ
我が家は夜になると
ヤンチャな子たちのたまり場だった
アキヨシくんはヤンチャのリーダーでもあり
学年生徒会のリーダーでもあった

アイコは班長をやったりして
目立たず、担任を支えてくれていた

子どもの頃からの股関節の病気が悪化し
おまけにパーキンソン病が併発して
この数年、杖なしで歩けなくなってきた
同窓会に行ける体力はなかった
参加を断ろうとした私を二人は励ましてくれた

二人の強力な助っ人のお陰
42歳の人たちの同窓会は
五人の先生を温かく包んで
またの再会を誓った

マンションから心斎橋のレストランまで
約一時間半
トラック運転手のアキヨシくんの
巧みな運転に安心して身をゆだねた

会場ではかつての同僚や教え子に
食べ物をとり分けてもらったり
いろいろ世話になった
すっかり大人の女性らしく成長したアイコは
私を気遣ってくれ
トイレまで付き添ってくれた

奇跡的に長時間の車移動や会食に耐え
みんなと行動を共にできた

教室

始業一時間前には登校していた
国道沿いのマンションから歩いて20分
中学校は池のほとりにあった

真っ先に教室に行き
机椅子を揃え、黒板をきれいにする
そうすると私の心の中に何かが開く

社会科の授業の始めに点検テストをする
誰でもが分かる復習の五問
板書する時大事なところを黄色のチョークで
　書く
ハーイ、ノートに一から五まで番号を打って
三問合えば合格、

ハイ全員合格した班長さん手を挙げて
黒板の端に合格した班を書く
時には、クラス全員合格
黒板に、パチパチ全員合格！　と書く

教師が一人しゃべって終わりの授業にしたく
　なかった
授業では全員発言を目ざした
1回発言した人は人差し指を立てて
中には両手両足を挙げて発言を求める生徒も

毎回、真っ先に手を挙げて
目を輝かせていたあっちゃんを思い出す
普段は泣き虫と言われていたあっちゃん
つられて樫根や森川なども手を挙げた

クラス全員発言を目ざした
そんな社会科の授業をしてきて
点検テスト大好きの生徒が育った
中間期末テストは
範囲の広い大点検テストだ
生徒の平均点は高かった

テストの点を高くするのが目的ではない
戦争の歴史の誤りを知り
新しく認められた国民の権利を知る
主体的な国民を育てるほんの基礎である

ちーちゃんと学習の始まりの日

自閉症で発語のないちーちゃんと
初めて教室で出会った日

ちーちゃんは食器棚のガラス戸を外して
なめようとした

思わず危ない！　と取り上げようとしたが
ちーちゃんは力を緩めなかった

作戦を変えた
私は一人で鼻歌を歌いながら

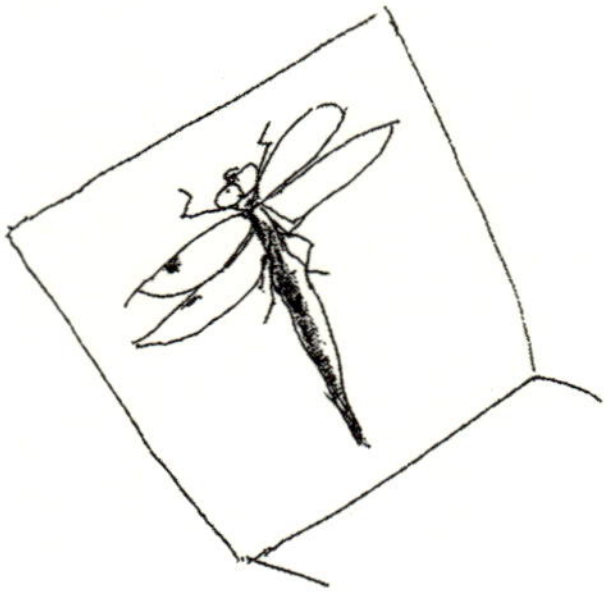

ハサミで色紙を切り
いろんな色の腕時計を作っては腕にはめて
楽しそうに声を出していた

私の眼の隅でガラス戸を元に戻そうとする
ちーちゃんが見えた
ちーちゃんは私の前の椅子に座り
色紙を差し出した。「作って！」というように

私がちーちゃんの小学校に見学に行ったとき
ほかの児童と離れ、ひとり絨毯の上に座って
いた
ちーちゃんが
ふと立ち上がって私の袖口を探り
器用に腕時計を外したのです

そのことが今回の大きなヒントになりました
言葉の学習の一歩として
絵本を読みあいたかった
でも私が本棚から絵本を取り出してくると
なぜかちーちゃんはそれをすぐ
元の本棚に戻すのです

ある日、あいうえおの絵本を次々とめくりな
がら
そのページの絵に合う歌を私が
次々歌っていきました
「トンボ」の絵が出てきたので
私は「赤とんぼ」の歌を歌いだしました

するとちーちゃんはうっとりとした表情になり
突然、窓際に走り寄り
指でわっかを作って空を見上げるようにしたのだ
それはそれは可憐な姿だった

それ以来、絵本からトンボのページを探しては
歌って！　と指さすのだ
私は「赤とんぼ」を何回も何回も歌うことになる
「赤とんぼ」が言葉と文字の学習のきっかけになったことは言うまでもない

「ことば」の学習に入った時
「と・け・い」ちょうだい
「と・ん・ぼ」ちょうだい
と絵カードをとってもらい
途中から文字カードに変換していった

自閉症の子も文字の区別ができるし
やろうとする意欲もある

教室に入っていくと
私の持っている教材の中から
文字カードや文字学習プリントを
自分で取ろうとするちーちゃん
口元をぺろりと舐めて
得意げである

青空学級には他に

久くん
寛くんなど
自閉症で発語のない生徒がいたが
どの生徒も個性的であった
教師はその一人一人に
貴重なヒントを得て
初めて教師になれたのである

担任

日本一高いビルの上で
命綱にすがって
耐火塗装を柱に施しているマサオ

癌で病状の良くない母のことを
嘆いて何度か電話をしてきた
――もう涙も出ない　オレに何ができる

――そばにいて声をかけてあげてね
　手を握ってあげてね
　頬をさわってあげてね

そんなことしか言えない

中学時代のAもBも
刑務所に入っているという

オレは入らない
センセイとの一年は
人生が変わる一年やった
なぜか、毎日が楽しかった　と

ヤンチャだった33歳は
今　真の大人になろうとしている
――センセイ　本でも
読もうかなと思うねん
ちゃんとした大人になりたいから
――それがええねえ
　本が読めたら人生の宝物になるよ
マナオが電話をしてくる限り
私はいつまでも担任だ

＊日本一高いビル＝あべのハルカス
（近鉄百貨店の上）

「NAGI」vol 96 より
みえむすび ―未来を育てる人たち―
農園
福島原発事故から避難

文ちゃん　その1

──今日、暑かったね。仕事場で水分とりました よ。

──台風大丈夫ですか。文ちゃんのところは大丈夫ですよ。

──今日、暑いですね。文ちゃんは今日から11日、12日、13日、14日　お盆休みですよ。

週に1～2回はショートメールをくれる文ちゃん

携帯電話という、便利なもののお陰で
文ちゃんも自分からメッセージが送れます

文ちゃんは中学校の「竹の子学級」で担任した生徒です

発語があまりできない一美ちゃんの手を取って
よく職員室の好きな先生を訪問していました

その文ちゃんも、51歳になりました
私の目の前に浮かぶのは
未だ制服姿の中学生です

36年間もセンセイと繋がり続けてくれた
文ちゃんです
その彼女の意志
それを助けた携帯
気になる生徒はいろいろいても
そう繋がり続けることはできません

ありがとう
文ちゃん

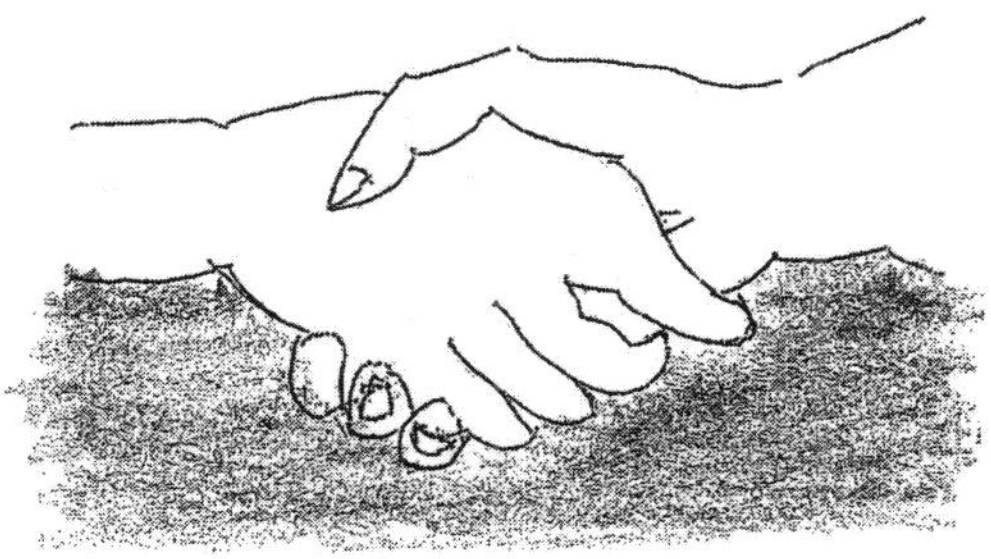

文ちゃん　その2

猛暑のある日
文ちゃんからメールが届きました
――文ちゃんは　会いたいですよ
三浦先生にプレゼントを渡したいからね
今は電車にもバスにも乗れない三浦センセイ
ちょっと困ってメールします
――泉北高速の光明池駅まで
誰かと一緒に来れますか？
（お母さんとでも来れないかな・・）
――文ちゃんは泉北高速光明池駅までは
行くは無理ですわ

また少したってためらいがちに届いたのは
――足、歩いて、電車のっていけたら
文ちゃんは　祈っていますね
なんと歩けるようになって電車に乗れるのを
祈って待つというのです
かつての私なら何が何でも
教え子の下へ飛んで行ったでしょう
フレイル*でそれもできなくなった
79歳の老婆の悲哀を噛みしめます

*身体的機能や認知機能が徐々に低下しつつある状態のこと。

文ちゃんからのメール

三浦先生、足痛いけど
文ちゃんは、こころで祈ってますね

三浦先生、今日寒くなりましたね
明日、寒くなりますね

三浦先生、文ちゃんは風邪ひいてないよ
元気で、仕事頑張ってますよ

三浦先生、まだ本しい（詩）を
書いてるですか

三浦先生、詩を書くやるや、頑張れ、
いつ文ちゃんに、詩本送ってきてくれるから
文ちゃんは、嬉しいですよ、詩読んでますよ

三浦先生、おはよう。今日は、文ちゃんは
友達とで、藤井寺イオンで、
クリスマス会しますよ、

元竹の子学級の文ちゃん
短いメール文の中に
精一杯の心が見える

人を思いやる心が見える
友達と対等に付き合える成長した姿
私の詩作への理解までも
ありがとう文ちゃん

朝日と共に

引っ越しして
段ボール箱に埋もれた
マンションの一室で目を覚ました
三階なのに団地の隙間から
朝日がまぶしく光を放っている

スマホがチリチリと鳴った
こんな時間に誰が・・・？
何と、ゆかりちゃんからの電話だ
〝千賀子さん、元気？〟

引っ越しという大仕事の翌日
誰よりもその安否を気にして
朝一番に電話をくれたのだ

元青空学級のゆかりちゃん
今はグループホームで
数名の作業所の仲間たちと暮らしている
一度その暮らしぶりを
見に行きたいと思いながら
果たせていない

千賀子さん元気？係のゆかりさん
自立して暮らせるようになった自信の故か
なぜか大きく頼もしく感じる

不思議な感覚

ゆかりちゃんから電話がかかると
この頃、不思議な感覚に捕らわれます

──センセイ元気?
──もう散歩に行ってきた?
──歩くの大丈夫?

電話はたいてい朝一番
おそらく作業所に出かける前
グループホームからかけている

青空学級を担任してからもう27年
コンスタンスに
電話をかけ続けてくれている

明らかに私の動静を確かめてくれている
どちらがセンセイなのか・・・

授業が終わったら
毎時間職員室についてきて
トイレまで来て待っていた子です
センセイ大好き人間が
照れ隠しに他の生徒に
注意を向けさせるのです

ゆかりちゃんのふくよかで
明るい声が元気をくれます
こんな日々が待っていたとは

教師になること

教員のなりてが
減っているという

長時間労働、クラブの試合引率などで休日なし
勤務時間内で教材研究ができない、持ち帰り
　仕事が多い

私も31年間中学校で勤務したから分かる
卓球部顧問として早朝練習したこともある

子どもが好きで
子どもの反応を引き出すことに喜びを感じ
子どもに達成感を持たせたい

子ども一人一人は勿論だが
集団で何かを達成する喜びも学校生活では
　多々ある

教育の本来あるべき姿を諦めてはいけない
画一的な教育では国の未来が危ぶまれる

教員のなりてが

減っているというニュースを読んで
ショックを受けた

中学2年で母との別れを経験した
教職免許がとれる夜間大学へ
病院の給食係に勤務しながら通った

夜間大学がなかったら教師にはなれなかった
定時制高校で教育実習をし
年のあまり違わない生徒たちに
胸躍らせた

23歳の時、松原市の中学校に採用された
その時、担任した卒業生が
先日マンションを訪ねてくれた

半世紀ぶりの再会である

労働現場は厳しかったが
子どもたちは真っ直ぐの瞳で
頼りないセンセイに向き合ってくれた
教育とは、互いの学び合いである

自立へ

グループホームに入って
それぞれ自立への道をスタートした教え子たち
ゆかりちゃん　ちせちゃん　ひろしくん
ところが、お父さんお母さんは
大事に育ててきた宝物を手放して

半分、放心状態

同じホームの散髪上手なおじさんに
カットしてもらったのが気に入ったひろしくん
ひろしくんが可愛くてたまらないお母さんが
ひそかにおじさんに嫉妬しているという

同じ学年で一緒にやってきたゆかりちゃんは
自分が構ってほしいのを我慢して
ホームでもちせちゃんの世話をしているのだ
　ろうか
ゆかりちゃんがいなくなって
顔が見れないとお父さんが寂しがっているよ
　うです

すっかり歩けなくなった元担任は
グループホームでの暮らし向きを
確かめにも行けないでいる

トイレに行きたい時
ズボンのあたりを指さして
同意を求めていた

ひろしくんの澄んだ瞳を思い出す
発語はないけど明らかに
言葉を発していたひろしくんの瞳

でも子どもたちは自立した
私にできることはもうない

七十代最後の一年

一月三十日
七十代最後の年の出発の日である
携帯に誕生日を祝うメールが届く
かつて青空学級で担任した文ちゃん
――文ちゃんはプレゼントあげます
電車で席を譲ってもらって以来の友人
礼二くん
――健やかで素晴らしい一年にされてくださいね
離れて暮らす茨城の妹から
――私　元気もらえる「詩集」書いてください

そして、よく見ると
薔薇が三輪活けてある
真紅と朱色の花がふうわりと
よくがんばったねというように
夫はちゃんと覚えていてくれたのだ

その他には何も変わったことのない
一日だった
夕食を下のレストランで食べた
私の好きな鰻の柳川風定食だった

Ⅳ

5歳の女の子も

飛行機の音を聞いて
5歳の女の子が
ロシアのみさいるかな?
と聞くというのです

毎日のテレビ報道で覚えた
ろしあ
うくらいな
ぷーちんさん
みさいる
せんそう
という言葉を
発するようになったというのです
彼女の目に戦争はどう映っているのか
彼女の問いへの正解になるのか
迷いながら対話を続けたというお母さん

世界は5歳の女の子に応えることができるのか
EUもNATOに集う世界の国々も
手をこまねいている

今日もガレキの街で
命が消えて行きます
歩くこともままならない私は
ただ願うしかできません
人々の明日を奪わないで、と

問われる

金沢秀子さん　63歳
韓国人だという
済州島出身だとも

たまたま　私が
中学校の社会科教員をしていたと話すと
突然、質問を投げかけてきた

中国や韓国について
何をおしえたの?

日本軍が満州事変を起こし
その後拡大して南京虐殺まで起こした
１９１０年の日韓併合で
農民の土地を取り上げたり
労働者を強制連行して
鉱山で働かせたりした

金沢さんは少し納得した様子
日本のお母さんたちは
北朝鮮も韓国も中国もみんな同じに
考えている|と不満を漏らした

中学の時の親友は李さんという韓国の人
韓国式結婚式にも招待されたと言うと
嬉しそうに笑った

散歩でたまたま木の椅子で隣り合った二人
最後に大きくハグしてくれた

私は日本人の代表として
歴史認識を問われた思いだ

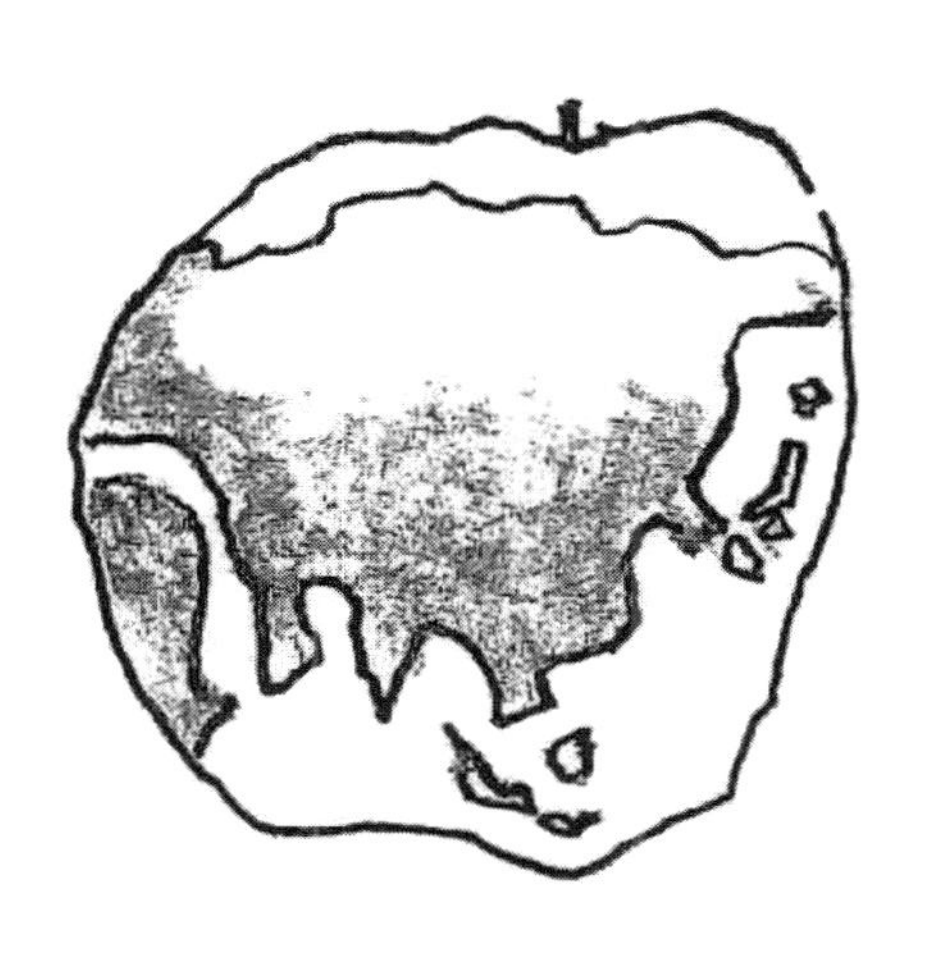

一票の守り手

小学校の投票所まで歩いて行けない
不在者投票をするために駅前からタクシー
区役所で投票する間、運転手に待ってもらう

降りる時、
力こぶを自慢するように腕を持ち上げる
ここを持っていてください、大丈夫ですと
傘もさしかけてくれる

投票所には高齢者がちらほら
投票証のチェックを外でして
中に入って選管のハンを押してもらう

比例区　選挙区と投票する
途中、座る所がない　しんどい

帰りもまた運転手さんの腕に支えられて
車に乗り込む

タクシー代　３２５０円
一票の投票に、
安かったか、高かったか
大仕事を終えて無事、帰路につく

農の未来

苦労して育てた農作物を
やっと市場に並べて売るよりも
コンビニで働く方が収入になるんです

それではいくらがんばっても
農業に携わる人は報われないという

何か良い方法があるはずです
一人一人が孤立して仕事に追われているよりも

作物を共同出荷するとか
農業に必要な用具や肥料を

共同購入するとか
より品質の良い作物を開発して
互いに学び合うとか

私たち二人は若者の熱弁に
ナルホド、ナルホドと
聴き入るしかない

スーパーの倉庫で夜中
物流のアルバイトをしながら
見えない未来に矢を飛ばしている
青年に拍手を送る

配達員首切り

ヤマト運輸が
クロネコＤＭ便の配達員３万人の
一斉首切りを通告した
ＤＭ便とはカタログやチラシの配布物である

配達を請け負っている個人事業主（クロネ
コメイト）
との契約を打ち切るというのである

配達員には70代や80代の高齢者も多く
一日平均四百部のＤＭ便を配達しているという

ある60代の配達員は
ひと月約30万円の収入がなくなると
月５万円の年金では食べていけなくなると

ヤマトが顧客から荷物を受け取り
配達は日本郵便が請け負うという合意を締結
大企業の自分本位の横暴である
人の労働を何と思っているのか
日本郵便が雇用を引き受けてくれるわけでは
　ない

なぜ私がこのことに関心あるのか

かつて文芸サークルの文芸誌や個人詩集の件で
配達員さんたちに長年お世話になっていた
街でクロネコさんのユニホームに出会うと
思わず挨拶したくなる

いっときクロネコメール便が送れなくなった
私は社長に手紙を書いた
文芸冊子を送るささやかな願いを受け止めて
　ほしいと
それからのお世話なんです
配達員の皆さんの顔が浮かんできます

汚染水

原発の建屋とつないだ海底トンネル
海上に顔出している四本の柱
この底から
汚染水が放出されるのです

建屋で増え続けた汚染水は
次々とタンクに保管され
東京ドーム一杯分を超える
１３２万トンがたまり
14基のタンクの全容量の96%を
満たしているというのです

一日、最大５００トン放出する見込みで
タンクの水が無くなるのに
30年以上もかかるというのです

原子力規制委員会は
安全性に問題はないといいます
とりきれないトリチウムは
環境にどう影響するのでしょう?

地元の漁協の組合員８４６人は

風評被害を懸念して
全員反対です

最近、政府は
国の原発政策を
大きく転換しました
原発の運転可能期間を
40年から60年に変えたのです
また問題のある原発を廃炉にしないで
次世代炉に建て替えるというのです
電力不足のため
原発を最大限使用するというのです

東京電力福島第一原発で起こった
事故の教訓は生かされず

原子力政策のありかたに
国民の声を聞こうとしません
今もなお、
故郷に帰れない人がいるのに

一人の青年の二十年

夫の大学時代の友人がやってきた
長年勤めてきた電機会社を辞めて
自宅のすぐ近くにあった大学に
社会人入学した夫
そこで知り合った38歳年下の友人である

二十年ぶりに会ったその友人は
一体、何から話したら・・・
と戸惑いながら
まず、自宅の近くの畑から採れる
白菜の葉が巻き付いていく様子や
何もない所に大きな大根の実が成る不思議を
面白おかしく話した

友人に誘われて参加したベトナムの大学との
交流
その時出会った青年一人一人の目が
真っ直ぐものを見、
キラキラ輝いていたことに衝撃を受け
本気で自分を変えようと思ったこと

友人は大学時代からI会社の

物流部門で深夜にアルバイトをしていた
農業だけではやっていけないため
今もそこで働いている
時には中国で製造されたウエディングドレス
　を直輸入し
国内での販売を手掛けたこともある

今は祖父から受け継いだ野菜栽培で
品質の良い作物を育て
私の所から買いませんかと
消費者に呼びかけている

マンションに来宅してから約二時間
目を輝かせて語り
青年が何から学び

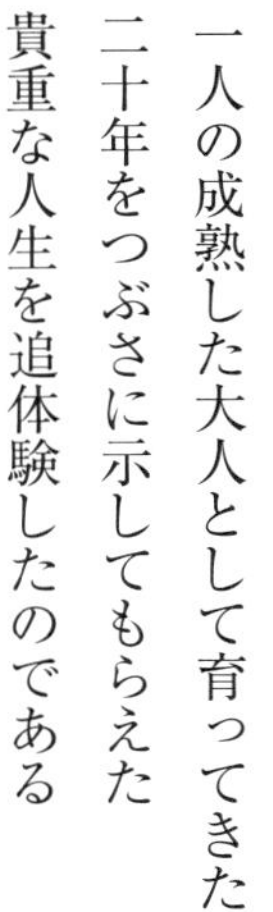
何を試行錯誤してきたか
一人の成熟した大人として育ってきた
二十年をつぶさに示してもらえた
貴重な人生を追体験したのである

一つの宿題

一冊の大きくて重い本が届いた
梱包を解くのが大変で
夫に手伝ってもらった

夜間大学の時の先輩が
韓国の大学教授の著書を翻訳したものである
題名は〝北アイルランド統合教育学校紀行〟
一瞬、えっ⁉
その意味がとらえられなかった

でも前書きを読んで少し納得した
三百年以上もイギリスの植民地だった北アイルランドは
宗教上、政治上の対立でテロや暴動に傷ついてきた

著者は日本の植民地として支配され
戦後は南北に分断された国の学者として
北アイルランドのあるべき教育の姿を
どうとらえようとしたのか

またこの著作を一年もかかって翻訳した
先輩の問題意識とどう噛みあったのか
この本の神髄を掴めるかどうか
本を送られた私にも
大きな宿題が課せられた
かつて朝鮮を支配した
民族の歴史を背負うものとして

ネパールの人

朝の散歩道で出会う外国人がいる
ときに徒歩や自転車で
工場などに通う労働者だろう

肌の色と髭が濃い男性は
紫色のシャツがよく似合う
それとなく挨拶をすると
片手を胸に当てて
ステキな挨拶を返してくる

自転車で来る彼は手を高く掲げて
大きな声で挨拶する

入国管理施設に収容中
体調が悪化したのに医者にも見てもらえず

スリランカ人のウィシュマさんや
カメルーンの男性が亡くなっている

だから彼らも人間らしい扱いを受けてほしい
技能実習生の名のもとに
安上がりの労働力として使われてきた

今、国会で入管法改正の論議がされている

散歩道でひと月ぐらい会えなかった
心配していたある日
ふとうしろから呼び止められたら
懐かしい顔があった
嬉しさのあまり握手をしてもらった

たった一つのいいこと

何気なくテレビから飛び込んできた会話
――コスタリカに一つ良いことがある
それは軍隊がないことだ
軍隊のある国は、ない国を攻めない
それに国際社会が守ってくれる
――コスタリカが闘うのは
サッカーだ
と画面が急に展開し

サッカーの試合をする子どもたちを映し出す
それに引き換え
敵基地攻撃能力だの
軍事費倍増など
我が国は何処へ向かおうとしているのか
我が国にあるたった一つのいいこと
憲法九条の平和条項
これを守っていれば攻められないのだ

コスタリカの人たちとも連帯できる条項なのだ
コスタリカの国土は
火山灰が多く分布しているらしい
だから年中、果物が採れると
笑顔で言っている

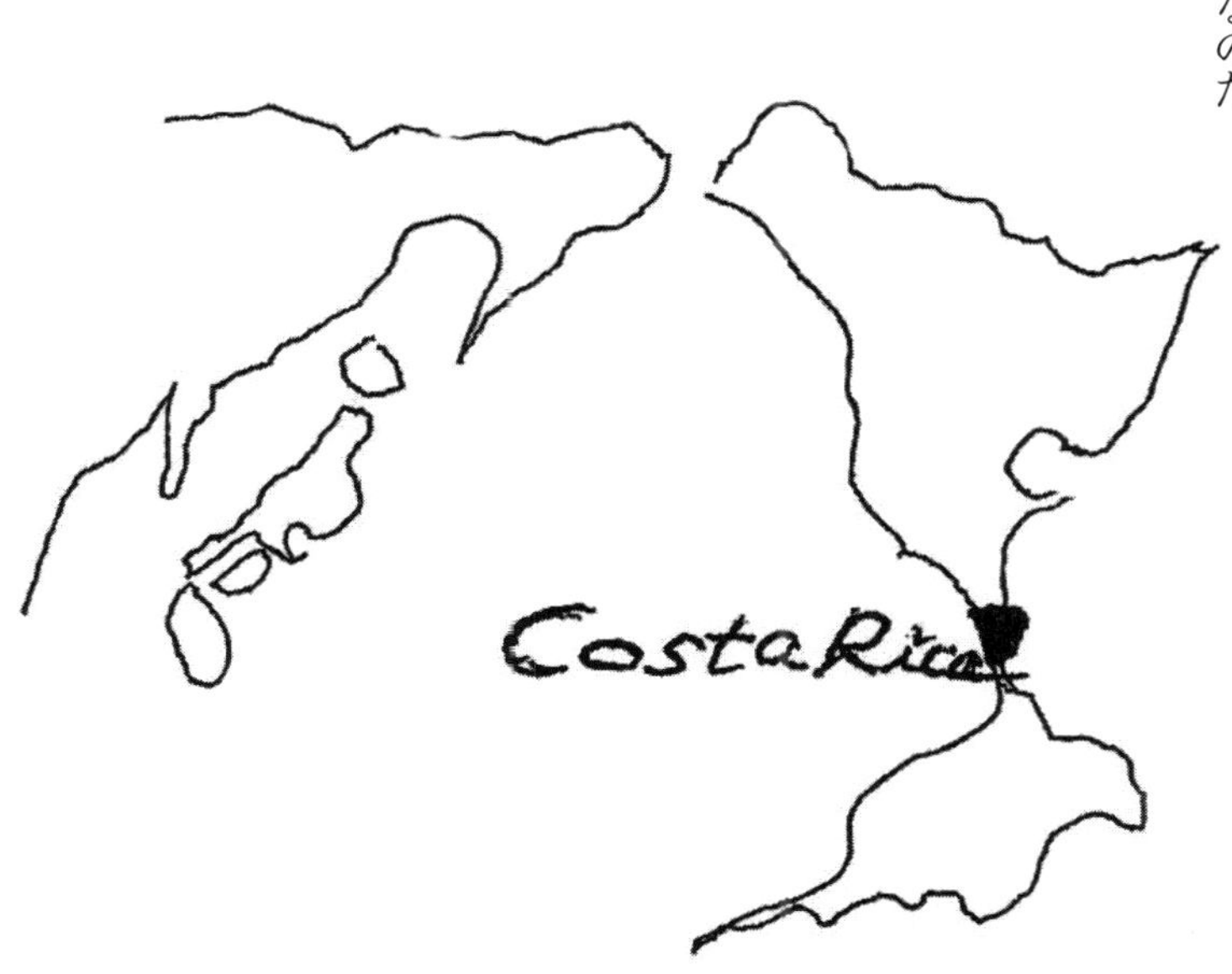

戦争を止めて！

この戦争を止めるには
どうすればいいの

友人たちのメールや手紙に
声が溢れます

既にガザでは七千人以上の
子どもたちが犠牲になっています

水も食料も電気も通信施設も
次々と無くなって死と隣り合わせの人々

全てが崩れ去った市街で苦しむ人々を
テレビが連日報道しています

病院ではスマホの灯りで手術することが
当たり前になっていると言います

空爆が始まって約1ヶ月
ようやく国連は人道的休戦決議を採択しました

今日、私は
友人に戦争を止めようと
手紙を書きます

賛成国は　１２１ヶ国
日本政府はあろうことか棄権
アメリカは反対にまわりました

イスラエルとハマスは人質を交換するために
七日間戦闘休止しましたが

イスラエル軍はガザ市の二つの都市を包囲し
ガザ南部への攻撃を強めようとしています

世界中の人々の声を
新しい年に向けてぶつけよう
ストップ・ザ・ウォー
即時停戦！

元日の災禍

元日の午後
台所に立っていた
ふと、めまいに似たものを感じた、と思ったら
制御できない浮遊感に襲われ

「ゆれている」「ゆれている」と叫んでいた
かつて経験したことのない長いゆれである

それが２０２４年の始まりであった
能登半島の各地は
家が屋根ごと滑り落ち
道路は寸断され
逃げる間もなく家の下敷きになった人々
避難所には3万人以上の人々が
救助を待っている
すでに２００人以上の死が確認された

一方で人口の85％
１９０万人が避難生活を送っている
ガザの姿が二重写しになった

２ヶ月半で死者は２万１千人超え

正月の午後
おせち料理で
ささやかな新年の出発を
祝おうとする庶民にとって
この刺激的災禍は
衝撃が大きすぎる

新年の祝いと未来への希望を
断ち切られた人々に
何と祈ればいいのか
自分がもし・・・と想像することは
苦しすぎる

新しい時代

新しい時代を思うのです
そこにはやさしい風が
吹いているでしょうか
人々が憩える
木陰があるでしょうか
青い海には
のんびり　船が
航行しているでしょうか

お腹を満たす
ささやかな食料と
一杯のおいしい
コーヒーがあるでしょうか
こどもたちには
一握りのお菓子と
新しい時代を思うのです

大人たちは子どもに
夢を語れるでしょうか
子どもや青年の目は
未来を見つめているでしょうか

そんな時代に
私は　もう一度
生きてみたいのです

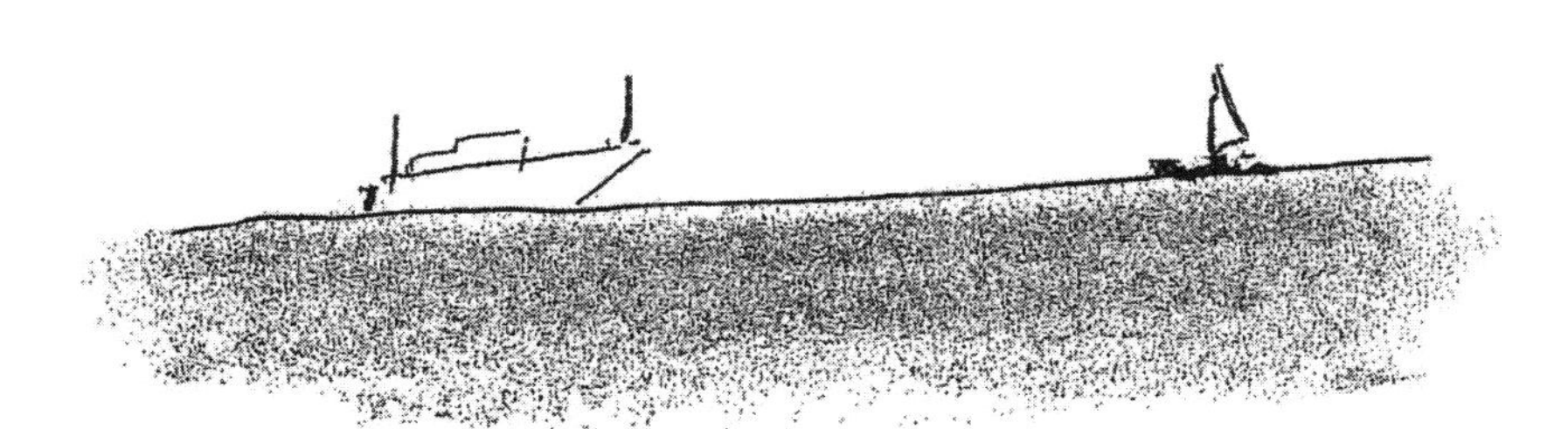

ガザ

どこにも行けない私が
パレスチナのガザを思う

空爆でがれきと化した街を
手足が切断された多くの子どもたちを
どんなに思っても何もできない

故郷を追われた住民の九割もの人々が
行き場所を失っている
世界中の苦悩を引き受けている　ガザ

日本は平和憲法にまもられているって?!

多くの友が蹂躙されているのを
手をこまねいて見ているだけ

世界がガザを見放すなら
いつか私たちが見放される
せめて完璧な停戦の実現を！

平和とは

平和とは
今日の仕事に
心を傾けられるということ

平和とは
愛する人と
時を積み重ねられるということ

平和とは
自然や花を愛し
人生を豊かにすることができるということ

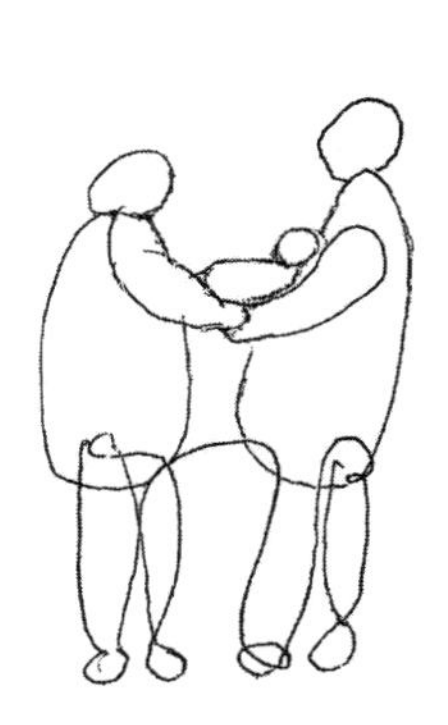

平和を守るとは
自分の目で耳で判断すること
心に思う疑問を発信できること
人の不幸を黙っていないこと
ときには矢面に立つ勇気をもつということ
そのために時間もさき
行動もするということ

平和とは
あたり前の日常に
感謝できるということ

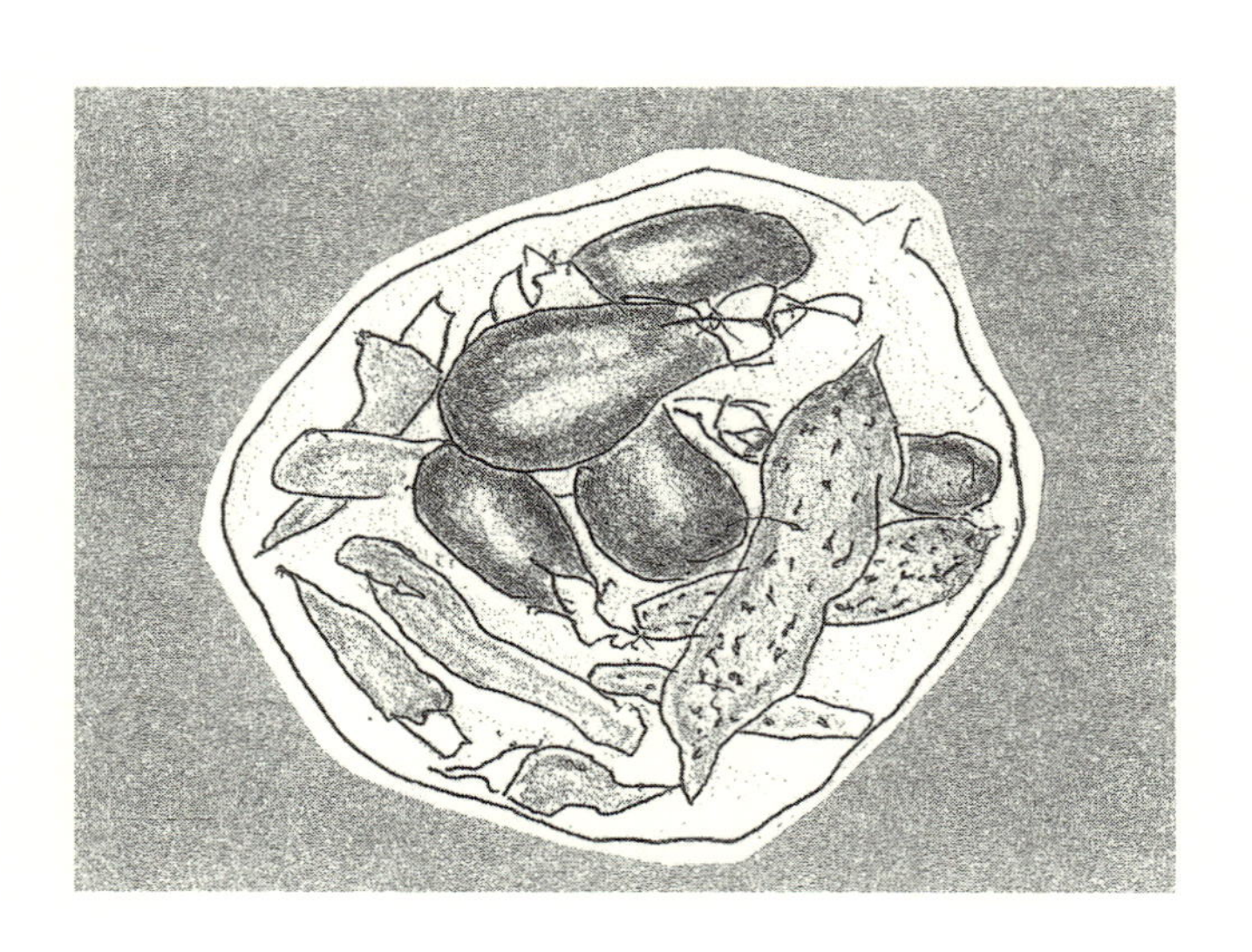

何の変哲もない

何の変哲もない街の
短い散歩道にも
今朝のように青空が顔を出してくれ
石垣の上から紫の朝顔が挨拶してくれます

何の変哲もない街の
短い散歩道を
左手に杖
右手を夫の手で守られて
今日も歩きます

何の変哲もない街の
短い散歩道でも
異国の人と行き交います
先日胸に手を当てて挨拶してくれた
南アジア系の青年の笑顔が忘れられません

何の変哲もない街の
短い散歩道を
今日も二人で歩きます
歩くことで
今日を一歩踏み出せるなら

手のひら

杖をついて歩きだす
股関節の悪い右足が
前に落ちかかる

その時、夫の手が延びてきて
右手を握ってくれる
一瞬、体温の温かさが伝わり
傾きかけた身体を
立て直してくれるよう

数年前の脳梗塞以来
ふらつきを抱えるようになった夫も
不安定な身である

頼りない二人が
新しい土地で出発だ
ゆっくりと
祈るように歩を進める
朝のひととき

一日のスタートは

一日のスタートは
夫に靴下をはかせてもらうところから
それがないと何も始まらない

毎朝の散歩は短い坂道
左手に杖　右手には夫の手
養護老人ホームのかさ上げした敷地の石垣に
かかる季節の花を愛でながら行く
ツツジ、アサガオ、ランタナ・・・

台所仕事は両手を作業台で支えながら
味噌汁の味噌溶きはやってもらう

計量スプーンなどをS字金具から外しても
　らったり
炒め物など熱を伴うものは夫に
買い物はもちろん毎日が夫、休む暇ないね
自由が利かなくなってきた身体と抗いながら
一つでも自分でできることをやること
それが私の闘い

朝食

朝食を食べる
朝の陽射しがリビングのテーブルまで
しっかり届いている中

ちぎったレタス
キャベツと人参の千切り
小房のブロッコリーとミニトマトを
彩りよく盛り合わせた一皿
夫が早朝から用意してくれたサラダだ

その一皿のために
人参を千切りしてタッパーに詰めたり
ブロッコリーを小房にしてゆでたり

台所でよく作業している夫を見る

朝のスタートに
いのちの一皿
野菜のパワーが
わたしの血潮を駆け巡る

薔薇の命

まだ咲いている
一本の赤紫のバラの花

私の誕生日の1月30日に
夫に連れられて我が家に来て以来
もうはや1ヶ月を過ぎた

意志のある人のように
私と根くらべするように
私の弱気を叱るように
見ているのだ

歩行困難になってから
年を越せるだろうかと
内心本気で思っていた

それを見抜いているように
自らの命の終わりを忘れたかのように
咲き続けるバラの不思議

今日で四十五日目
まだ咲いている
一本の赤紫のバラ
ごめん、もう散っていいよ

一枚の絵

ベランダと向かいのマンションで
切り取られた一枚の絵

うっすらと明けゆく空に、たなびく雲
朝焼けの絵は光とともに美しくなり
一日の始まりをいざなってくれる

平凡な一日が暮れようとするとき
茜色の光が徐々に広がって
また明日、と別れを告げる

三階から見上げる切り取られた空
星も見え、月の満ち欠けも見える

マンションのたった一つの部屋のために
設計したわけではないだろうに
この平凡な一室から
広く果てしない世界へ通じる一枚の絵

つる草模様の描かれた
レースのカーテンを通してみる一枚の絵

――朝焼けが綺麗ね
――雲が美しくたなびいているね
私たちの一日は
こんな会話で始まる

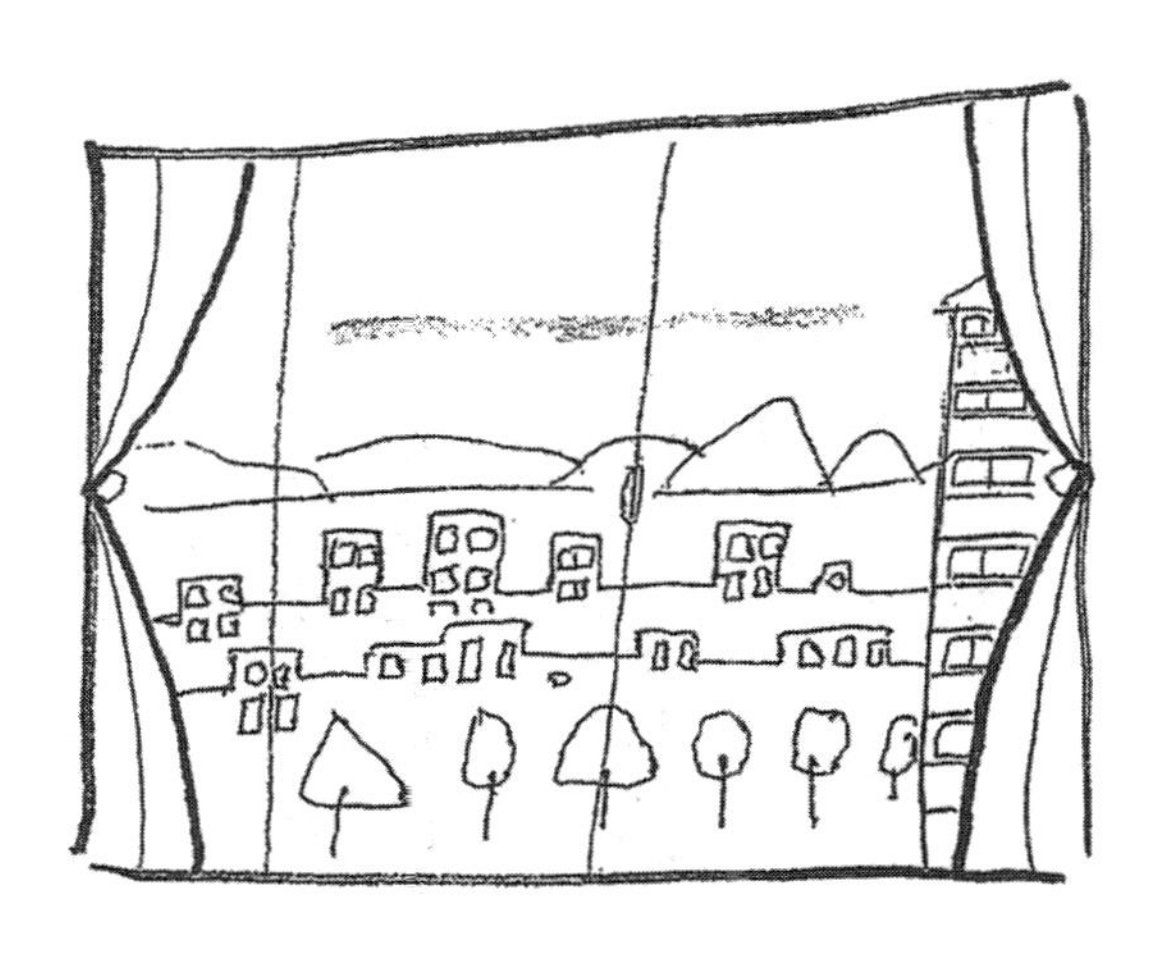

訪問者

マンションのインターホンが鳴る
ゆっくり椅子から立ち上がる
すぐ歩きだせないので小刻みに調整する
やっと〝はーい〟と返事をする

杖でなんとか玄関まで行く
サンダルに足をつっかけようとするが
近頃めったに履かないので
足裏に違和感を感じながら
ようやく戸を開ける

そこに懐かしい友の顔がある
――よかった、まだいてくれた――
友は伝言のためのメモを取っていてくれたのだ

近くに来たついでに
顔を見にきたというのだ

渡してくれた新聞包み
友の去った後に
水仙の花の香りが匂いたち
早い春を告げてくれた

ピクニック

公園の紅葉がきれいだよ
夫の声に誘われて
思い切って決断した

前日に少しの煮物をつくる
当日、少し早い目に玉子焼きをつくる
出発一時間前におにぎりをつくる

両手を離すのが困難な私は
均等な力で握れない
少し不格好なおにぎりの完成

水筒やおやつやみかんを夫のリュックに詰
　めて出発
緑地に下りる階段も
公園に上がる幅の広い階段も
一歩一歩踏みしめてやってきた公園

紅葉した枝を大きく広げた桜の木の下のベ
　ンチで
夫と二人、お弁当をいただきました

久しぶりのピクニック気分
不格好なおにぎりも
それなりに美味しく
来てよかった！
一つ視界が広がったようでした

人生の目的は

年をとってからの
人生の目的は

日々シンプルに
生きるためのたたかい

夢や希望や生きがいを
問うた時代は
懐かしく過ぎ去った

リハビリ散歩で
夫に手をつないでもらい
今日は二千歩歩けた
今日のおかずはお浸しとみそ汁

やっとこさ材料を準備して
夫に調理はゆだねる

看護士さんに介助してもらい
週2回の入浴介護をうけ
ひとの温かさを知る

年をとってからの
人生の目的は

日々シンプルに
生きるためのたたかい

合唱

セミが一匹、鳴き始めていたよ
公園の散歩から帰った夫が言った

えっ⁉　一匹だけ？
うん、まだ自信なさそうな鳴き方だったよ‥

ふと記憶の奥から
シュイシュイと
セミの合唱が聞こえた気がした

いつもの散歩道は
養護老人ホームのある一角以外は
樹木が少なく
耳を澄ませて歩かねばならない

すると3～4日目あたり
頭上のどこかで
セミの合唱が聞こえた気がした

どのセミがタクトを振って
合唱へと導いているのか
いつも不思議な感覚に捕らわれた

短い命を燃焼させて
鳴くセミの合唱は真夏のハイライト

せわしないほどの
セミの鳴き声に
自らの生をも実感する

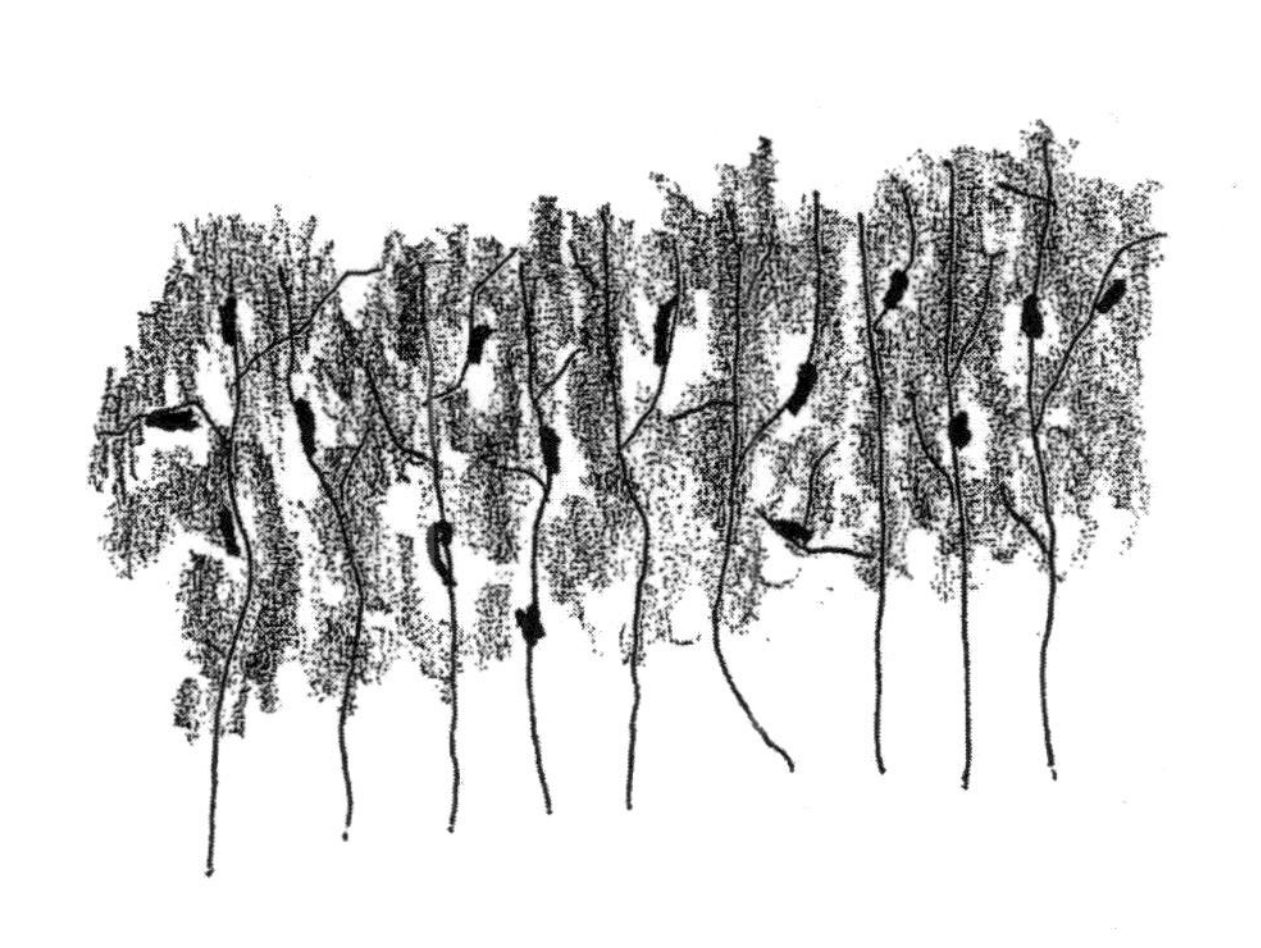

ポケット付きTシャツ

いつもの坂道で
夫がふと、つぶやく
――この道で話ができないのは残念・・
――何が話せないの?
――(貴女が) 聞こえないから

そうなのだ
私は左手で杖を持ち
股関節の不自由な方の手を
夫に持ってもらっている
右の耳はほとんど聞こえない

わずか往復１６００歩余りの散歩道
毎朝20分ばかりの道行は
二人にとって貴重な時間である

ポケット付きのTシャツ
買ってきてくれない？
私の聴音器はコード付きである

早速探して買ってきてくれたTシャツ
聴音器をつけて
ハイ、スタート！
今朝は夫が通う病院の
院長先生のことで話が弾んだ

一件落着！
洗い替えするTシャツ
もう一枚買わなくちゃ

少し遠出をするために

歩ける距離を少しでも延ばしたい
そして私の周りに地図を描きたい

夫に付き添ってもらい車イスを押していく
しんどくなったら車イスに座って2～3分休
　憩する
それを4～5回繰り返して郵便局に到着
いつもの散歩の距離の四倍くらい
スーパーも近くにある
マンションから東の方角に

二つのポイントが入った

別の日、同じように出発して
光明池駅に到着した
マンションから東南の方角だ

途中何回か
私が車イスを押してみた
いつもは杖で前傾姿勢になりながら歩くのだが
車イスの二つのハンドルが私をしっかり支え
なんと安定して押せることを発見！

4回ほどの遠出で
私の頭の中に
マンションからの地図が少し描かれた
自分の居るところが分からない
生まれて初めての体験を
少し脱出できたかな？

*

ヘルパーさん

週1回お掃除に来てくれる
ヘルパーさんが言った
――足をあげてください
何ッ？　と思っていると
サッとスリッパの底(うら)を
雑巾で拭いてくださった
「床が汚れているので
　スリッパが汚れているのかと・・・」

ヘルパーさんが言った
――腰を上げてください
イスから立ち上がる
するとイスの隅に付いている

菓子くずのようなものを
掃除機で吸い取ってくれる
よく気がつく人だと感心

それ以外は
陽気な笑い声でテキパキと
掃除をこなしていく

毎週お顔を見ていると
まるで家族のようで
ヘルパーさんという制度がなかった
一昔前を思う
有難いことである

秋明菊

夕食の準備で忙しくしていた
マンションの部屋に
彼女は飛びこんできたのです
胸に白い花束を抱えて

夫の車で来たの
下で待たせていると
10分もたたないうちに帰っていきました
彼女は卓球サークルで知り合った友人です

歩くのが困難になって
卓球練習場行のバスのステップに
足が上がらなくなって
彼女は私の夫と共に　しばらく

お尻を押し上げて乗車を手伝ってくれていました

その友人が私に見せたいと
庭に咲いた花の中から
手折ってくれた思いそのままに
秋の光の中で
気高く輝いている秋明菊

白い五弁の花びらと
その真ん中の黄色い花粉
真ん丸な蕾が揺れています

もう卓球は一緒にできないが
彼女の心は確かにそこにあります

童夢の夢

喫茶店〝童夢〟が四月いっぱいで閉店した
和泉市の高齢者マンションに引っ越してきて
　から
夫の唯一の居場所であったところだ

先日から夫が何か描いていると思ったら
〝童夢〟のスケッチ画だ
一筆書きのスケッチに色鉛筆で淡く色づけし
　てある
瓶などが並ぶカウンターを正面からとらえた
　ところや
店の中央辺りの客席の様子や玄関から見たと
　ころなど

閉店まであと一日という日、夫は出かけた
その絵をマスターはとても喜んでくれた

36年間、奥さんとマスターの夢を紡いできた
〝童夢〟
次の借主は障がい者の作業所の人たちだという
マスターの夢から作業所の仲間たちの夢に
新たにどんな夢が立ち上がってくるか
愉しみなことである

若いヘルパーさん

お掃除をしてくれている
若いヘルパーさん
その仕事ぶりを見ながら
かつての私を思い出します

週1回の掃除の日
今日は全てのドアの取っ手を消毒しよう
今日はベランダのガラス戸を拭こう
などと決めて
キビキビ動けた日々を

あなたの意思に従って
動く手足
それは宝物、人生の武器
どうか今をていねいに生きて

そんな当たり前の日常を失って
買い物や洗い物を
夫にやってもらいながら
できないことが決して楽ではないと
叫びたい心を慰めている

若い人の仕事

何事も　心の赴くまま
生きてきた私が
75歳で、初めて待ったをかけられた
思うように歩けなくなったのである

足腰の自由が利かないということは
身体全体のバランスも崩れるらしく
不便なことが増えた
行動範囲も狭くなった

そのお陰と言っては何だが
入浴介護の看護士さんや
整形のリハビリ士さんたち

若い人たちに巡り合った

心のこもったケアというものを体験して
安心して身をゆだねられる有難さ
若い人たちの仕事に希望を感じた

コロナ禍の終息の見通しが立たない中
まだ光が当たっていない
彼等の労働現場に
その社会的役割に見合った
生活保障をしてほしい
彼等が希望をもって働けるように

どこへも行けないのに

どこへも出かけられなくなったのに
私の日常は忙しくなりました

月曜日にはリハビリ士さんが来てくれます
車イスの練習もしてくれます

火曜日には看護士さんが来てくれ
入浴介助をしてくれます

水曜日にはヘルパーさんが来てくれ
お掃除をしてくれます

木曜日は
月1回、大病院での診察があります

金曜日にはまた、看護士さんが来てくれ
2回目の入浴介助があります

月2回、内科の先生が訪問診療してくれます

土、日は基本的にはお休みです

この合間を縫って
生協が届いたり

届け物やクリーニング屋さん
友人の来訪があります

どこへも出かけられなくなったのに
人の出入りが多くなり
私は忙しくなりました
だから少しも淋しくないのです

ライフアテンダント

マンションの入り口を入ると
住民はルームキーをかざさなくてはならない
するとガラス扉が開いて
中へ入れるのだ
毎朝の短い散歩の帰りは
夫がルームキーをかざしてくれる
ところが今日も居てくださるのだ

ライフアテンダントの一人であるTさんが
私たち二人が帰ってきた途端
小窓から顔を出して自動扉を開けてくれる
休日に宿直をされた翌朝のことだ
決まったように待っていてくれる
私はそのうち嬉しくなってきて
中へ入ってからも子供のように手を振り返す

一人のスタッフの笑顔が
今日の私に元気をくれる

＊ライフアテンダント
　24時間常駐のスタッフで、住民の困りごとや
その他の相談にのってくれる人たちのこと。

介護を受けるということは

総てをゆだねることができるかということで
　ある
介護者も被介護者も
互いにわだかまりのない関係をつくれるかと
　いうこと

子どもの頃の結核性股関節炎という病気で
傷ついた跡を自分でも触れない
それを看護士さんは
こともなげにゴシゴシ洗っていく
そういうもんなんだな
と開けていく私の心

バスタオルで大きく挟まれ腕や足先や胸元が
優しく覆われて拭かれていくと
中学2年で母を失った欠落感を
ママちゃんなどと
年下の看護士さんを呼んで
埋め合わそうとする

介護を受けるということは
互いに許し合い
その領域を侵しあうこと
あけっぴろげな心を
初めて私はさらけ出せた

月子さん

月子さんは訪問介護のヘルパーさんです
週に一度、我が家を清掃してくれます

体格の立派な頼りがいのある月子さん
部屋を行き来しながら
明るい笑顔を振りまいて
私たち夫婦に気を配ってくれます

月子さんの親御さんは
将来、月のように美しい女性に育ってくれる
　ように
と願って名付けられたのでしょうか
または、闇夜のような世界を

明るく照らす人になってほしいと
願ったのでしょうか

月子さんは私たち二人の会話を聞いては
冷やかし半分に声をかけてくれます
それが場を明るくしてくれます

介護とは
人と人の関わり合いの
最も密接なものです
介護するものもされるものも
心を開いて向き合えるのです

八十歳になって

この一月で私は八十歳になります
いつの間に八十年も生きてきたのか
実感がないほどあっという間のことでした

中学校の教員として三十一年
退職してからは教育相談員として十八年

私鉄や地下鉄の二つの路線など
四つもの乗り物を乗り継いで
約一時間半、万歩計で一万歩近く
相談室に通い続けているうちに

少しずつですが歩くのが困難になりました
見知らぬ街のマンションに引っ越してきて三
　年目
周囲の地図も描けないほど
どこへも行けない私です

ただ我が家は賑やかで
介護の関係の看護師さんやヘルパーさん
リハビリ士さんが次々来て
ケアをしてくれます

毎朝、夫と散歩をする短い坂道で
出会う優しい人々と
いつの間にか近しい仲間になりました

これからの一日一日を
これらの仲間たちと
言葉を交わしあって
励ましあって
生きたいものです

*

味覚

お医者さんが
パーキンソン病の薬を変えた
それからしばらくして
おかしいのです

何となく胸がむかつき
食事の時、美味しくないのです

甘いものも
辛いものも
すっぱいものも
みんな同じような味に感じられて
食べたくないのです

魚のフライも
野菜の煮物も
味噌汁も
同じ味なのです

お医者さんに薬を変えてもらいました
数日たって
ようやく味が戻ってきました

味わえるということの意味が
初めてわかったようです
それは生きる希望につながると

台所仕事

杖なしで歩けなくなってから
台所仕事が難しくなった

どちらかの手をまな板で支えて
野菜をむいたり切ったりする

例えば胡瓜一本のうす切りを終えるまで
息苦しさを我慢する

腰辺りで上体が折れて
腸を圧迫するせいか苦しい

食器を持った手を洗い場の縁で支えて
スポンジで素早く泡立てる

毎日の買い物は
夫が散歩を兼ねて行ってくれているが
脳梗塞の後遺症を抱えている夫に
家事の総てをゆだねられない
できることは少しでもやりたい

台所を見渡せないと
世界を見失いそうになる
台所は
ある意味、広くて深いのだ

描けない地図

夫と毎朝、散歩しているのは
何の変哲もない街角
杖でやっと歩ける
往復千七百歩ぐらいの範囲
緑地のある公園に行くには
もう少し足を延ばさなくてはならない

それでも季節の語り部は
容赦ない日の光で
湿気を多く含んだ風で
激しく鳴き交わすセミの声で
夏の物語をよこしてくれる

だけど
住居のマンションから東西南北
私の中に地図は描けない

現在地不明の頼りなさ

自分の足で
いつか辿れるだろうか

完成した地図作りのために
そしてそれは
私の精神のありかをも
示してくれるだろうか

初めて車イスに

夫に押してもらって車イスに乗るのは初めて
　です

少し遠出をするときは
車イスを歩行器代わりに押していきます

ちょっとした道路のデコボコに
車イスは敏感に反応します
思わず両サイドの手に力が入ります

前傾になりがちな身体を
安定した角度で支えてくれます

千切れ雲が流れていく秋空を見上げながらの
車イスの道行も悪くはありません

文具屋、本屋、婦人服店に行きたかった
大きな商業施設の広いフロアを
ゆっくり　数年ぶりの買い物をしました

帰りは疲れて〝乗って帰ろうかな〟

車イス

歩けなくなれば
車イス、との思いで
週1回のリハビリの日
車イスの練習を取り入れてもらっている

街で車イスの人と出会ったとき
難なく運転していると思っていたが
やってみると違うのである
左右の腕の筋力の違いが影響する
右肩がこっていて痛いからか
車輪を回すと左に負け

車イスは右へ回転しようとする
真っ直ぐに行こうとすれば
右を大きく廻さなくてはならない

マンションの平らな廊下でこうだから
外のガタついた道路で運転するのは
相当困難だと思われる

一人で車イスを運転する人は
足の不自由を乗り越え
両手のバランスを鍛えながら
新しい道を見出した人なのだ

平凡な日常

引っ越し業者が運び込んだ
段ボール箱の中身を
女性社員が開けて収納していく
楽々パック

その夜から探し物が始まる
平凡な日常を取り戻すために
必要なものが
お茶の葉であったり、急須であったり
石けんやタオル、歯ブラシであったり

引っ越しして
もう半月もたつのに
探し物は無くならない

引っ越しの探し物で
人が生活していく
最低ラインを考えさせられる
それは答の出ない
問いのようである

今日も探し物をしながら

一度も開けたことのないような
紙袋や引き出しを横目に
引っ越しとは
人生の
何時までもできない
大片付けだと思う

長いレシート

引越しに伴って
本棚一本分の本を
処分しなければならなくなった

段ボール10杯分　冊数にして３１１冊
古本買い取り業者に来てもらった
いったん引き取ってから値付けをするという

そうして戻ってきた長い長い
レシートを見て驚いた
一冊一冊の書名と買取価格が印字されてある

希望の牧場　20、食卓一期一会　10、
わが詩わが心　30、船出　１００、
ニーチェ勇気の言葉　１００、……

３１１冊、合計１８１８０円なり

一人の作業員を思う
たくさんの本を積みあげた前で
一冊ずつスマホに打ち込みながら

並べる本棚を想定して分類していく
その忍耐のいる作業の結果がこれだ

この誠実な価格付けに感動
身を切る思いで処分した本たちを
手に取ってくれる
新しい読者を想う

歩けるということ

東北で起こった大震災の時
矢も楯もたまらず、たった一人で
新幹線に飛び乗ったこと

バスや電車や地下鉄を四つも乗り継いで
万歩計で一万歩以上も歩きながら
教育相談室に18年も通えたということ

私の呼びかけで集まってくれた人たちで
卓球サークルを結成し
定期的に練習できたということ

今は電車もバスも乗れない
手のひらで放り投げサービスもできない

歩けるということは
精神の自由を具現できる
最大の手段であった

歩行困難になった今
〝歩ける〟に優る
自由な精神の具現化の道は
あるだろうか

パーキンソン病

年末から年始にかけて
おかしな症状に悩まされた

歩こうと思っても足が止まってしまい
つんのめりそうになる
トイレに行ってスリッパを履こうとしても
足が前に出ない

後でわかったことだが
すくみ足、というらしい
その繰り返しが続いた

整形外科で
この頃、小刻みにしか歩けませんと言うと
神経内科を受診するように言われた
そうして紹介、紹介でいきついた大病院で
パーキンソン病と診断された

そしてもらった薬を三日間飲んで
何と四日目にすくみ足が止まったのだ
劇的に効くとは
こういうことを言うのだろう

最近、友人も
パーキンソン病に
かかっていたらしいと知る
友人はすくみ足の結果
何度もこけて
肋骨を骨折しそうになったらしい
思わず友人と励まし合った

年をとると
予想もしない
人生の大敵が
現れるらしい

人の手を借りて

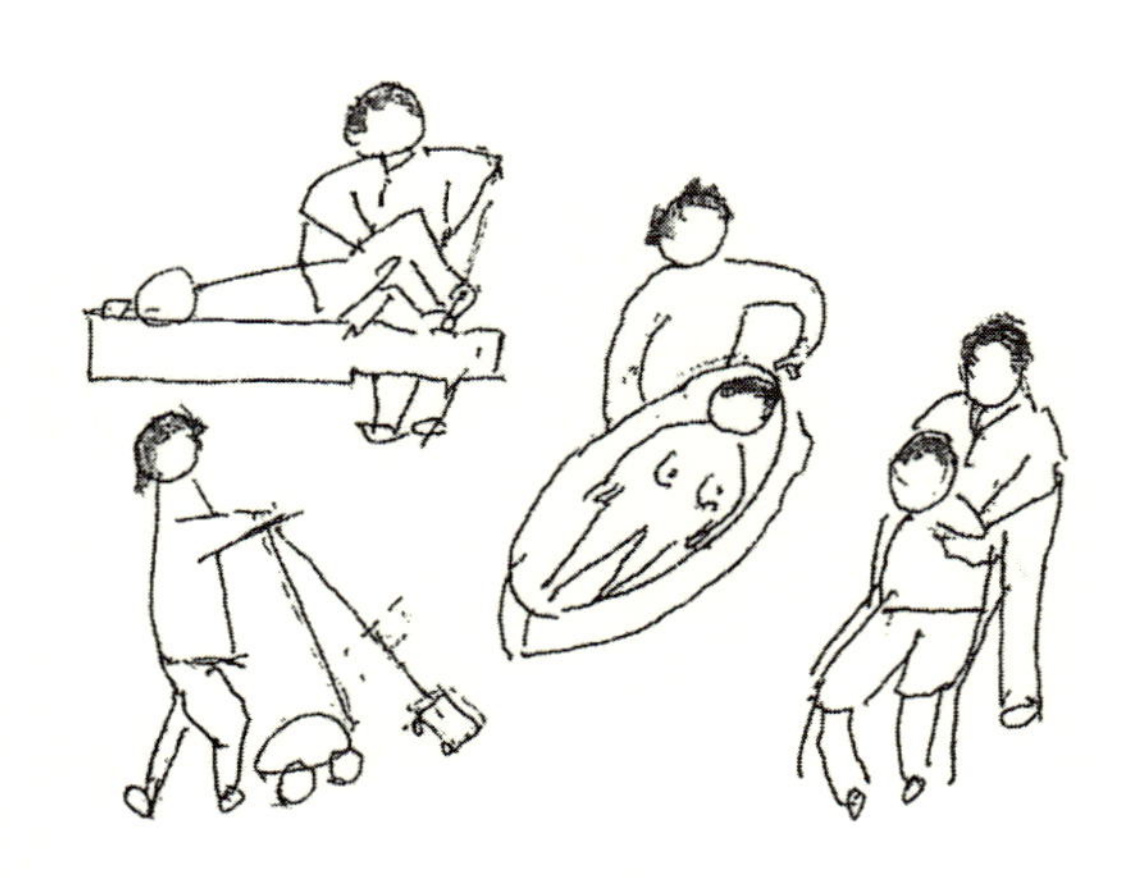

パーキンソン病が
どんな病気かよくわからないまま
月一回、大病院で診察を受けている
すくみ足といって足が前に一歩出せないこと
　があった
文字を書いていると小さく小さくなっていく
　ことがあった
いずれも処方された薬三日分で正常になった
前傾姿勢で杖をついているので息苦しい
小刻み歩行になるので足が突っ張ってこけそ
　うになる
往復五百歩ばかりの短い散歩を夫の手を借りて
　毎朝、支えてもらっている
すべての買い物、台所仕事の大半
夫がやってくれている
負担が大きすぎると思うがどうすることもで
　きない

この年になって
人の手を借りずには生きられないと
自分自身の生の頼りなさを知る

外にも出られない私の身辺は
介護のサポートしてくださる
ヘルパーさん、看護師さん、リハビリ士さんで
にぎやかです

久しぶりの買い物

夫の付き添いで
車いすを押して買い物に出かける
杖より車いすを押すほうが
体が前傾にならず安定する

マンションからスーパーまで
途中三回ぐらい車いすで休憩する
行きに三十分　帰りに三十分
歩くだけで一時間

食料品を中心に日用品、文具、雑誌類・・
広いフロアーに広がる商品を次々見ながら
最近これは・・と思ったものを手に取っていく
籠を持たなかったので商品が手からあふれて
　きて

とりあえずレジに行く
見たことのない機械の前にきた
戸惑っていると店員さんが手伝ってくれる
久しぶりに自分で商品を買いお金を払った

イートインコーナーでコーヒーを飲んで待っ
　ている
夫の元へ行く
最近、読書をするのによいと買い物のついでに
夫が利用しているイートインコーナー

女性の二人連れが大きな声でおしゃべり
男性二人は仕事の打ち合わせか・・
恰幅のよい外国人が何か書き物をしている

パーキンソン病になってから
ほとんどの買い物を夫にゆだねている昨今
久しぶりの買い物に
心が晴れた

スーパーの雑踏の中にいて
人々の声を動きを肌で感じながら
私は私らしくあった
そして大きく深呼吸した

春は届けられた

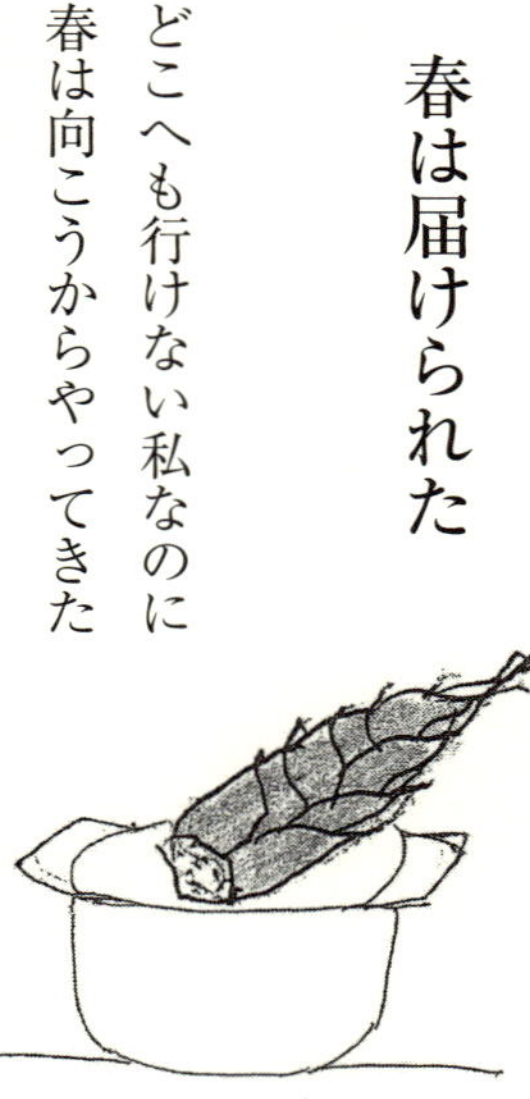

どこへも行けない私なのに
春は向こうからやってきた

友人が二人つぎつぎと
庭に咲くフリージャなどの花を届けてくれた

夫の友人は畑の近くの竹林から
タケノコを届けてくれた
慌てて夫は一時間以上もかかって
タケノコをゆでてくれた
私もあわてて料理の本を引っ張り出し
タケノコご飯や若竹煮の作り方を復習する

こうして春を存分味わった

それからも柏餅を届けてくれた友人
源平モモの大ぶりの枝を届けてくれた友人

春はこれでもか　これでもか
とやってきて
部屋の中は春の気配で満開

どこへも行けない私なのに
それを知ってか
春は届けられたのだ

雨音

杖をつくようになって
傘をさして歩くのが
難しくなった

傘にはね返る雨音が
好きだった

静かに降る雨音は
ときに心を慰めてくれ

激しく降る雨音は
ときに一つの決意を促してくれる

杖をつくようになって
傘をさして歩くのが
難しくなった

雨音を聞きながらの
心の風景が少し遠ざかってしまった

朝の検温

毎朝、短い散歩をします
二百メートルあるかないかの坂道です
左手に杖　右手に夫の手
手を握ると同時に伝わってくる体温

今朝は冷たいね
――夕べ冷える原因があったんだろうか
今朝は温かいね
――昨夜の夕食のバランスとれていたかな

夫は数年前に脳梗塞を患いました
その後もふらつきやめまいが残っていて
不安がつきません

毎朝の手の温度の検温
それに一喜一憂しながら
それでも朝、夫と手をつないで
確かな一日をスタートするのです

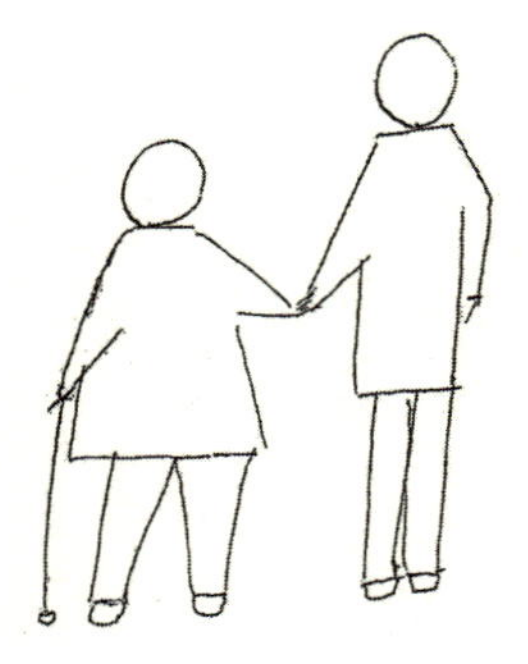

小鳥ちゃん

引っ越ししてから、しばらくして
毎朝の散歩道の足下に
小鳥があらわれた

舞い上がったと思ったら
地面に下りてきて
まるで挨拶するように
ひょこひょこ周辺を歩くのである

いつも、小鳥ちゃん、と
声をかけていた

両側の毛が白いので
もしかしたらハクセキレイかもしれない

毎朝の挨拶を交わすうち
突然小鳥ちゃんが来なくなった

寂しく小鳥に会えない日々が続いた

そして、なんと
木枯らし一号が吹いた今朝
足下に突然小鳥ちゃんがあらわれたのだ

——やはり渡り鳥だったのか・・・
戻ってきてくれてよかった

散歩で会う人、犬、小鳥
どの人とも言葉を交わしたい

もし二人でなかったら

夜の大学で私たちは出会った
4畳半の小さな下宿屋から始まった
ベトナム戦争反対のデモに参加したり
洞川のキャンプ場で青春したりした
若き担任のころ家出の生徒を探し
夜の街を懐中電灯を持って二人さまよった
校区に居を構え夜はヤンチャたちの居場所
夫は子どもたちの食料調達にコンビニに走った

東北で大地震が起こり瓦礫の街を二人で訪ねた
辺野古新基地に反対し座り込みに参加した
北海道の礼文島に渡り西海岸を踏破した

もし二人でなかったら
これらの体験ができただろうか
今では年相応に
足元もおぼつかなくなった私たちだが

スタッフの常駐する高齢者マンションに

私たちはようやく辿り着いた
毎朝、夫に手を引かれて
短い散歩道を歩いている

リスボン

堺の詩人、犬塚昭夫さん

詩の恩人

私の書斎の本棚に、犬塚昭夫さんの詩集並びにエッセイ集が、なんと四十冊ぐらいあるのだ。その犬塚さんとは大学の夜間部のころ知り合った。それから、ずっと、犬塚さんはことあるごとに誘ってくれたのだ。私を詩の世界に。電話機の向こうからささやくような犬塚さんの声が、いつも「詩を書くんだよ」と誘っているように思えて、詩人のグループに入って活動はできなかったが、その意思をもち続けることができた。私が詩人のグループに関わって合評会や朗読会に参加できるようになったのは、教職を退職してからである。犬塚さんは私を詩の世界に引っ張ってくれた「詩の恩人」である。

四十冊近い作品を全部読んで、その世界を大きくとらえて詩人論を書く力量は、私にはないが、この素晴らしい詩人の詩を紹介することはできる。

犬塚さんは、長崎県の五島で生まれた。当時、島では中学を卒業すると大半が漁師か漁夫になったそうだ。当時はまだ日本中が貧しくて、漁業の方がいくらかましだったそうだ。しかし漁夫として漁船で働くということは、将来性がなく、人生の希望もなかったと犬塚さんは書いている。

その犬塚さんが書いた「帰漁の歌」という詩は16歳の時に書いたという。「詩を書くことで、人生の希望をもてない状況をのりこえていく」という体験をこの詩でしたという。私の好きな詩である。

帰漁の歌

ぼくの胸に潮風がなだれる
ひと夜の漁の疲れに
　ぼくは知る　波の騒ぎと
　　過ぎて再びとない時を

　漁旗は海にうつって青く流れる
　ぼくらの影と　漁猫が鳴いている

ぼくのまなこに海が反射する
海の限りなく青いただなかに
　ぼくらの命がかかる　また
　　安い賃金と空しい夢がかかる

　漁旗は海にうつって青く流れる
　ぼくらは　せめて口笛でも吹け

ぼくの心で秩序が乱れる　倫理が消える
海がぼくの欲望をかきたてる
　若さにだけあるぼくらの未来
　ぼくらは狂っている　飢えをだきしめ
　　ている

青春の抑えようもない、心の叫びが伝わってくる。しかしそれは15歳にしては驚くほど静かな叙情の中からである。「漁旗は海にうつって青く流れる」の表現が、なぜか胸を打つ。自分の運命を受け入れた青年の心を感じるのだ。

その後、20歳になって犬塚さんは大阪に出てきます。製鋼所で働いたり、転職も何回かされたようです。
一九八二年に病気になり、小腸の大半を切り取る手術をしたのです。普通、小腸は五、六メートルあるそうですが、その十分の九が切り取られ、残りは長さにして五十センチになってしまったのです。外科医が一生に一度出会うか出会わないかというような数少ない病気だそうです。同じように小腸を切り取った人で生きている人はいないようです。
小腸を切り取ったあとの犬塚さんの闘病生活の大変さが詩から読み取れます。

おれは小腸を切り取ってしまって
残っているのは
わずかに
胃から
大腸に斜めに走るまっすぐな一本の管だけ
　である
そのため脂肪をはじめ
鉄
銅
亜鉛
マンガン
コバルトなどは
吸収できないで
静脈への点滴にたよっているのだ
（「生きる」より）

おれのことについて
妻が
医者に言われたというのだ

あの腸の短さで
生きているのは
日本中で
ただ一人ですよ
今までは一人もいなかったのですよ　と

（中略）

妻も
子供も
生きよと言う
長生きしてくれと言う
「ただ一人」でも

（中略）

腫れやしびれや疼痛に叫びをあげていても
生きる意志一つで
一本のポプラ　一列の向日葵
そこに一緒に　おれも並んで立っていたい
　のだ

詩集『五島灘』

五島列島の奈留中学校を卒業した16歳の少年は島の多くの少年がそうであったように漁船に雇われる。まだ体の充分育ちきっていない犬塚さんにとって、その仕事は過酷であった。睡眠を奪われ、夢を奪われ、虚無の心にとらわれていった。その様子が『五島灘』という詩集に表れている。

出漁の歌　（一部抜粋）

ぼくらは少年漁夫　ぼくらの仕事は
　夜もなければ　昼もない
六千円の月給に　命と
　家族が結ばれている
（中略）
ぼくらは少年漁夫だ　ひとびとに
　人間といわれず
八田網引といわれる
　ぼくらは人間ではないと
（中略）
ぼくらは少年漁夫　ぼくらから
　誇りを奪ったのは
夢をうばったのは　ひとびとよ
　それは何か

しかし、労働は働くものを、いつの間にか鍛えていく。少年の場合も例外ではない。その詩の中に、社会への目を育みながら、労働の価値に気づいていく彼がいるのである。

海　（一部抜粋）

ぼくは　大人になった
ぼくは　考えた
ぼくは　社会を

ぼくは　考えた
ぼくは　ぼくの恋
ぼくは　ぼくの生

ぼくは　大人になった
ぼくは　愛する
ぼくは　海を
ぼくは　大人になった

ぼくは　考えた
社会は　これでよいか

ぼくたちの胸は　鋼鉄
ぼくたちの腕は　樫の木
ぼくたちの心は　？

しかし、犬塚にとって辛いことが起こった。同じように船に乗っていた弟が亡くなったことである。

海の弟

俺の弟が海に出漁したのは八月だった
海はどこまで青かったか
海はどこまで広かったか

弟の胸はふくらんだ
俺の弟が海の獲物を手にしたのは八月
　だった
魚は銀色
星は満天
弟の心はたかなった

俺の弟が海で死んだのは八月だった
まだ十八の若さは
何が大切かも知らないで
弟の声は海の音

　詩の中でこんな呼びかけを弟にしています。「弟よ　夕暮の海がこんなにも　太陽と口付しあうのは　きっと魚が釣れるしらせだよ」「弟よ　夕暮の海に機関をかけて　波の拍手をかきわけて　ずっと沖へ出て行こうよ」

　弟が亡くなった後も問いかけます。「弟よおまえの心の海の話を聞かせておくれ　今でも波は危険な習性をもっているか　夕焼のときにはあんなにも口付けするか」

　そして、虚無を抜け出したと思われる詩が。

漁行

ぼくは行きました
潮がみち
夕焼がして
海のはてまで
ぼくの裸体にある勇気

ぼくは見ました
筋肉は鋼鉄
青い魚が灯にはねる
誰も知らない流れ星
ぼくの裸体にある歓喜

ぼくは帰ってきました
朝の空には海猫が鳴き
漁旗をあげて
海には何故がいっぱいだ
ぼくの裸体にある希望

海で、漁で鍛えられ彼の体に漲る自信。「勇気」「歓喜」「希望」の語がそれを物語っています。

初恋、そして小さな啓子

たった15歳で漁夫になり厳しい労働に耐えた犬塚さん。「無知」という詩の中で、このように詩っている。

お前たちよ　昨日も今日も
眠らないで見えない明日を引いているが
無知の腕は　一生かかって
何を引きあげるのだろうか

また「出漁歌」では、こう詩う。

漁よ　今夜もあれ
夜よ　心をきたえ
貧しければ貧しいだけに
疲れがはげしければはげしいだけに
助けあおう　助けあおう
そして　ぼくらの未来はくる

決して打ちひしがれるだけでなく、なかまへの連帯の心を育み、自らをも励まし、成長する姿が読むものを励まします。
その犬塚さんも恋をします。

恋歌

みちこよ　ぼくがはじめて網にきた時は
おまえが鰯を受けにくれば

顔をそむけるしかできなかったのだ
みちこよ　夕暮れ二人だけが
ばったり出合っても
ひとこと好きだといえなかったのだ

みちこよ
海には漁旗がうつっているね
潮くさく笑いかければ
はじらいながら笑ってくれる

みちこよ
黙って手を握りあおう
ぼくは夢もない八田網引だが
おまえも夢のない鰯製造女だが

同じ、漁につながる貧しい仕事をする少女に密かな想いを寄せていた。別の詩で、こんな表現もしている。

おまえ　芥子の花　ぼくにも
ほほえまないか
手をさしのべてくれないか　と

しかし、淡い初恋は実ることはなかった。

20歳で大阪に出てきた犬塚さん。大阪外大の二部（夜間部）の社会科学研究会が主催した文学講演会で久子さんと出会った。その講演会には金時鐘さんをはじめ名の知れた方々が、次々と3ヶ月もの間、講演されたそうだ。労音（勤労者音楽協議会）の催しに参加してもらったチラシの中にその案内があったという。久子さんはそこで「日本の子守歌」という題で犬塚さんが講演されるのを聞いた。「シャボン玉」の歌について、あるいは「間引き」の話など印象に残っているという。

犬塚さんの詩集に『ちいさい荒野』がある。父親として息子や娘のことを詩に詠んでいる。

電話

いそいでと電話があった
あわただしく電話はきれた
きれた電話のむこうで
救急車が一台はしっている

幼稚園から帰って自転車で遊びにでかけた智昭くんが車に跳ね飛ばされ骨折した。息子さんの付き添いで久子さんは家に帰れず、犬塚さんが3歳の啓子さんの世話をしながら、仕事に行く暮らしになった。

ちいさい荒野

昼間は
家にだれもいないので
啓子は実家に
あずけている
仕事をおわって
あいに行くのは夜だ
おれが戸をあけると
たべかけの夕食

手のなかの玩具投げ出して
はしってくる
手足をおれの体にまきつけ
胴体をあずけた無防備
すりよせるよごれた花の顔
このはげしく重い
何かに飢えた
狼
ほしいものはあった
おかしも
玩具も
何の不足もない一日の
3歳のこころの
地下室にすみついている
飢えたちいさい狼
ちいさい荒野

兄の交通事故のため不安定になった家庭生活を3歳のちいさな啓子ちゃんが懸命に耐えている。それを「ちいさな荒野」と表現した父の心の痛み。この詩を読んだとき、真っ先に頭に浮かんだのは黒田三郎の「ちいさなユリと」だ。犬塚さんも意識していたらしい。あとがきに、「『ちいさなユリと』の存在が私のまえにたちふさがっている。黒田には脱帽する以外にない。あれはやはり有数の詩集だ。くらべてもしかたがない。」と書かれているが、私はそうは思わない。犬塚さんのちいさな啓子に関する作品もみな秀逸である。

お父さんがいなくなったらどうすると
いうと　啓子は　さがしにいくというの

だ　さがしてもいなかったらどうすると
いうと　啓子は　いるもんというのだ

詩人にとってちいさな啓子は父親の存在を信じて疑わない。このやりとりを読んで胸が熱くなった。

詩集『病中詩篇』

『病中詩篇』という詩集がある。これは犬塚さんが一九八二年八月末日の入院手術からその後の闘病生活に関わる約一年間の病中詩として編まれたものである。外科医が一生に一度出会うか、出会わないかの病気。同じように小腸を切り取った人で生きている人はいないという、壮絶な闘いを余儀なくされた。初めの頃の短い詩篇は胸を抉(えぐ)るものである。犬塚は自らを一羽の鴉にたとえて、客観視して書いている。

鴉

鴉は目が見えなくなった

鴉

椅子にこしかけて
鴉一羽
見えない目で
みつめている

闇に
何が見えるか
みえない目に
何が見えるか

鴉

ぼろぼろに羽は破れ
飛べるのか

鴉

洗面器一杯
血を吐いて
それから鴉はどうしたか

鴉

おれは一羽の
死ぬ時も一羽の鴉

死を覚悟した犬塚の厳しい詩が続く。

鴉

何も食べないのに
一日十回以上になる
その
大便も
尿も
白衣の人間がきて
そのつど計算していく

命の時間を
計量しているのだ
人生の重さを
計量しているのだ
軽々と
プラスチックのビーカーで

最初の2ヶ月はほぼ絶食に近かった。命は点滴によって保たれていた。重湯のようなものが食べられるようになったのは2ヶ月後のこと。1983年3月、24時間続いていた点滴がはずされた。と、「覚書」に犬塚は書いている。このような状態で生き延びたのだ。何も食べられないのに胃液や胆汁や手術のあとの腸内代謝物が水様の下痢となって一日8回も10回も続いた。

経口食が食べられるようになって、脂肪吸収が不可能であることがわかった。また鉄欠乏貧血にかかっていた。この時から脂肪酸週2回点滴は、退院後も続いたという。

なんとか少しでも希望が見えないか。「冬になって」の詩の中に犬塚の切実な思いが見える。その一部から。

おれは
便器にしゃがみこむたびに
どこかに変革はないかと
便器の中をのぞきこむ
のぞきこみながら
いつになったら便器の中に
希望や
未来や
変革が
出てくるのかと
心まちにまっているのだ

お母さんが見舞いに来るというときの詩「五島の母」。これも長い詩なのでほんの一部を紹介する。

おれを見舞にくるというのだ
病気で入院しているおれに
一目会いにくるというのだ
はるかに遠い五島の海の
冬の寒さや
立尿
もんぺや地下足袋や
牛や鋤やこわれかけた家や屋根瓦や
（中略）
その一切合切を　母は
ちいさい背中に背負って
やってくるというのだ

父である犬塚にとって、闘病で勝利することは家族のためでもある。人生最大の苦境のなかでも、娘への愛を謳う。

残像

娘は
紙切れに
ペンで大きく
元気になれ　と書いて
病院の
おれの寝台の上に
吊るして
かえっていった

娘は
小学四年生
その帰っていった娘の長くのばした髪が

吊るした紙切の辺り
眼間に残って
いつまでも
ゆれている

おれは
落ちてくる
輸血の点滴をみつめながら
父は
死んではならないのだと
ゆっくりとくりかえし
おれに
いうのだ

『病中詩篇』は全部で198ページ。とても5ページで紹介できるものではない。友が見舞いで置いて行ってくれたサンキストオレンジ。それは枕元に希望のかたちであると謳う。窓から見える久保田鉄工の労働者たちに、「たちあがれ」と激励を送る犬塚さんである。

詩集『苺の味』

『病中詩篇』で全小腸軸捻転症という病気との闘病生活を表した犬塚さんが次に出版したのが『苺の味』という詩集である。

今夜のうちに
シャツやパンツを洗濯しなければと思って
いるうちに
すっかり眠ってしまっていた
気がつくと
海の上をミサイルが飛んでくる
ミサイルが飛んでくる音が
キューンと金属音になって聞こえてくる

（「そい寝の時間より」）

もう三十年以上前の詩集だが、現実味を帯びて読むことができる。詩人の想像力である。

こうしていつでも苺が食べられる
ふだん着の平和

守らねばならないのは
つみたての新鮮さで

露にぬれた苺の味
死の雨や灰ではなく

（平和というこの）自然な
少しすっぱい苺の味

（「苺の味」より）

この小さな遊星に生きて
娘と
息子と
妻と
毎朝かならず二つ三つ咲く窓ぎわの朝顔と
パンと
コーヒーと
一日の仕事がはじまる前の一時の
生きていることの充実
これ以上にどんな平和があるだろう
この小さな遊星に

（「朝顔」より）

わずか小腸50センチのみを残して、日本でただ一人生きている犬塚さんが自分の病気以外の世界の情勢に目を向けている強靭な精神。いや、だからこそ、ささやかな家族の一日の始まりである食卓の、しあわせ。平和の意味が読むものの胸に迫るのである。決してなくしてはならないものとして。

犬塚は核戦争の脅威についても訴える。

おれは見た
人間が
白骨だけで立っている一瞬を
映画の中の
核爆発につつまれた一瞬
歩いていた者は歩いている姿勢で焼け死んで
人間の白骨の林立になって
一瞬に消えさるのだ。

（「夏の日」より）

地球は健全な回転をつづけている
夜のつぎに朝がくることを
牛も
豚も
鶏も
人間も
知っている
明日は核戦争がはじまるかも知れない
としても
その狂気を健全へ引きもどすのは
人間の役割だ

（「地球」より）

南アルプスへの旅でタクシー運転手さんから聞いた話。戦争がはじまると「さくらんぼは軟弱果実だ」と言われて伐りたおすことになったという。のこぎり部隊が集められ、村長の義次さんは率先してやらなくてはなりません。

義次さんは
さくらんぼの木に斧がいれられると目を閉じ
さくらんぼの木がたおれる音に耳をふさぎ
一本一本骨をかきむしられ
さくらんぼの木は八百本でした
裸になったさくらんぼ園のまんなかで
まあたらしい切株を手でなでながら
大声をあげて泣きたくなりました
でも義次さんは村長だったから
でも義次さん・・・・・

（「西野にて」より）

詩以外にエッセイも書いています。その中に中学校で国語と社会科を教えてくれた先生のこと。「山びこ学校」の無着成恭と同年。「おれも無着にまけない先生になりたい」と独り言。生徒には「自分で考えることのできる人間になれ」と言ったという。その先生は生涯の人生の師だったという。この先生は長崎師範の学生だったころ兵器工場に動員され原爆にあっている。核戦争が起こるかもしれない、明日にも。「自分で考えることのできる人間」なら、核戦争に反対して何かをはじめねばならないと犬塚は書いている。

詩集『母と黄鯛』

七十年代の中頃、『母と黄鯛』という詩集を出している。

　　母よ

母よ
あなたはもっていない
煙突とかまどに
不信を

母よ
あなたはもっていない
箸と茶碗に
憤怒を

母よ
あなたはもっていない
障子と畳に
絶望を

母よ
あなたはもっていない
屋根と戸に
敵意を

洗濯

母よ
三月の冷たい水で
おしめを洗うことを
だれが教えたのか

母よ
朝の井戸ばたで
パンツやシャツを洗うのは
だれのためなのか

（中略）

母よ
ぼくの願いは
ちいさい心の抵抗で
未来を洗濯してくれることだ

犬塚さんがこの詩集を思いたったのは、お母さんが胃癌になられてからだった。犬塚さんは1962年に出郷されて以来、帰郷は三度ぐらいしかできていない。「かあちゃんは何の夢をもっていたのだろうか。何を楽しみにがむしゃらに働いて生きてきたのだろうか」。これ等の詩はそういう自問の中で出てきた詩であろう。
そして、その母に「たたかい」を呼びかけるのである。

たたかい

母よ
しもばれを
従順でかくすのは

いけない
母よ
まえかけを
忍耐でよごすのは
いけない

母よ
たまねぎを
悲哀でつつむのは
いけない

母よ
すみなれた
家の入口を
こわすこと

「あなたは本当に」という詩の中で、こう書いている。「お母さん　あなたは本当に　娘時代男が好きにはならなかったのですか　林檎の味を切なく　かみしめることはないのですか」と・・・。

大阪に出てきた犬塚は労働者になった。自らたたかう労働者だと言わしめるのも、母の厳しい労働に目を注ぐのもその連帯感からと言えよう。彼の目は社会に開かれた。

「夏」という長い詩がある。ひと夏を山で働いた経験である。鋸や鉈や斧をかついで獣道を踏み分け山の斜面へ。坑木やパルプになる松の木の皮はぎ、坑木の山出しの仕事。
「松葉や樹液の強烈なにおいにむせ　体は汗に

まみれ　貧血で昏倒していく直前の幻覚」「脱水していく体力の限界　炎天に干されたシャツの塩　裸になると毛虫の毒が突きささった」「捨て藁のように　おれは板張りの上に体を投げた」

まだかたまらない若い骨格に
おれは
過労と
飢えをすまわせていた

（中略）

ひと夏の労働は
おれを一人の男にしてしまった
労働者にかえてしまった

山から切りだされ
皮をはがれ
岩や石にうちあたり
　　　はねかえり
おれは一本の松の
坑木だった

自らたたかう労働者を自覚した犬塚は、母に手紙を書く。
　家の前に李（すもも）の木があった。犬塚が生まれるずっと前から。その李の木になぞらえて書いた「李の木」（抜粋）。

拷問も
牢獄も
どんな弾圧もはねかえしてきた

不屈の歴史
党をささえてきた一人一人の
風雪をきざんだ李の木はささくれだ
母よ
親不孝な息子だったが
賛成してくれたね
おれは党にはいったのだ
党はまっていたのだ
おれたちがそこにたつのを
だれにでもできる物事も
忍耐づよく正確にたたかいぬく
人民のために人民とともに　（後略）

6年ぶりに島へ帰った犬塚のために、母が黄鯛を買ってきた。まな板の上に黄鯛をのせて犬塚が鱗をはぎにかかったが、包丁で逆なでしたぐらいでははげない。親指の爪のような鱗に刃がたたないのだ。

母がかわって鱗をはぎだした
なれた手つきで包丁を逆なでするのだ
重心低くふんばっている腰
短くて太い指に力がはいっていた
母の手で三枚におろされる黄鯛をみてい
ると
忘れていた漁師の血が
不器用なおれの手にもさわぐのをおぼえた
（「黄鯛」より）

「母と黄鯛」は小林多喜二に負けないプロレタリア詩だ。

「断腸文庫」シリーズ

詩集『鬼』

犬塚さんは１９９２年から２００４年まで、「断腸文庫」という詩集のシリーズを刊行される。それは二十数冊にもわたるシリーズである。その初期詩篇『鬼』（断腸文庫２）を見てみたい。「鬼」という詩がある。それは犬塚さんが考える鬼の起源である。

いつから日本に
鬼がいたか
おそらく大和朝廷が
国家統一をはじめたときからだ
おれの考えでは
国家統一に反対した
統一されて行く側の人々がいたはずだ
そのもののなかから
鬼が生まれたのだ
つまり鬼は反権力の象徴であるのだ。
「友誼」という詩の中に次のような表現がある。

人間が人間と殺しあったり
人間が人間の労働をしぼりとったり
その人間の愚かさに
鬼は怒った
人間のあいだで人間の姿で
人間のおこないに
心底怒っているのは
鬼だった
人間の社会には

鬼が怒らねばならないことが
三日に一度はあったので
鬼の角はたちまち生えあがり
立派になり点を突き立て　（後略）

「鬼と新年」という詩の中で犬塚は書いている。鬼が一回怒ると一回角が大きく伸びる。その数だけの年輪が角にできると。一年で百回怒れば一年で百歳なのだと。

新年だからといって
ことあらたまって
めでたいことなどあるものかと
思っているのだが
口にしないだけだ

鬼は角ふりたて、髪ふり乱し怒っている。なにを怒っているのか。おれは何もしていないのに、大赤鬼がおれに向かってくる。鬼は言う、

それが
悪いのだ
何もしないのが悪いのだ
おまえは核戦争に反対して何をしたか
核兵器を廃絶するために何をしたか
何もしていないではないか
何もしないで生きているではないか
何もしないで生きているこの愚かもの奴と

詩の中に鬼を存在させることによって犬塚は自らに問う。「おまえは何をしたか」勿論、読者にも。

そして「チェルノブイリ」の詩ではこう書く。

（前略）
気になるのだ
これからもさらに死ぬのか
チェルノブイリで起こったことは
日本では
起らないか

まるで福島原発事故を予測していたようだ。国連で１２２ヶ国の賛成で核兵器禁止条約が成立したことは隔世の感があるが、もし犬塚が生きていたらどんな詩を詠んだだろうか。詩人は時代を読み解く力をもたなくてはいけないと思っていたが、犬塚の詩はまさに時代に呼びかけていた。

鬼

こころが鬼になれば
姿も鬼になる
しかし鬼とは何だろう
鬼のこころとはどんな心だろう
生きる権利をうばわれたとき
生きる希望をうばわれたとき
生きる自由を奪われたとき
人間のこころは鬼になる
鬼になって

うばわれたものをうばいかえそうとするのだ
うばったあいてがだれであれ
国家であれ

うばいかえさなければ
鬼のこころはおさまらないのだ
人間の生きる自由がもどってきたとき
鬼は人間にかえるのだ
（後略）

犬塚自身が時代を変革する労働者であり、鬼であったのだ。自らの心に、芽生える自由への渇望を行動することによって実現しようと呼びかけていたのである。大部分の小腸を切り取って命の危機にあった犬塚が。最後まで、本当の

人間であろうとし、鬼になったのだ。

「断腸文庫」シリーズ

詩集『台所用具』

犬塚さんは、1982年、小腸捻転症広範切除の手術を受けてから、入退院を繰り返すようになる。その苦しい時期に書かれた『台所用具』という詩集がある。わたしたちの日常、あたりまえに存在する台所用具や生活用具に命を与えその存在が人間にとって如何に大切なものであるかを知らしめる。

まな板　（抜粋）

わたしが受けとめているので
包丁は切ることができるのです

人参や
大根や
鯵（あじ）や
・・・
確実に
一つの例外もなく
受けとめてそこにあるもの
わたしは
まな板です
にんげんの
大地です

まな板が受けとめているからこそ包丁は切ることができる。私はこの詩を読んで、私の人生も受けとめてくれる人たちがいるからこそ成り立っていると思わないではいられませんでした。

茶碗　（抜粋）

わたしは
茶碗です
日本人の生活にはなくてはならない茶碗
　です
手にもつとごはんのあたたかさがつたわり
　ます
生きて行くくらしのあたたかさ
食べられることのしあわせ

わたしは
茶碗です
わたしに盛られる人間の生活（くらし）
わたしに盛られるくらしの希望

わたしが在るかぎり
　いつまでも

　厳しい闘病生活に耐えながら、希望をもち続けた犬塚だったからこそ、暮らしを取り巻く道具たちにこんなに優しいまなざしを注ぐことができたのでしょう。そして、それは自らの生きる闘いへの励ましそのものでありました。「小皿」という詩で、書いています。「わたしは／小皿です／まだ飢えを知らない家族／戦争を知らない家族／その食卓のめいめいの小皿／私の上に盛られているのは／安心です／地球の上の／平和です」。台所用具が平和につながるのです。

椅子　（抜粋）

わたしは引き受けています
腰の重さ
安心の深さ
その全部を

わたしは
椅子です
わたしとにんげんの関係は
信頼です
一つの家庭を
みえない力で一つに結合している
一家の
夕食の
食卓をかこむ人間の

意志や思想を
腰のところで受けとめている

一日の疲れを持ち帰って、ほっと一息、椅子に腰かけます。その時には、コーヒーを一杯飲んだり、テレビのスイッチを入れたりします。でも、自分の足もとの椅子さんに関心を寄せる人はあまりいないでしょう。「意志や思想を腰のところで受けとめている」との表現、スゴイなあ、と思ってしまいます。

「洗濯機」の作品では、「一日の／疲れ／一日の／汚れ／落して／流して／水を切って」「わたしは／洗います／何度でも／生きかえるにんげんの勇気」と書きます。命の危機の線上に立たされても、なお希望を失わない犬塚さんの心意気のようなものが伝わってきます。

風呂　（抜粋）

湯の中で
にんげんは
一日の汗や
気づかないでいた汚れを
洗い流します

傷ついた自尊心や
怒りや
おなかの当りに溜っている疲れを
洗い流します

まだ洗い落とせないものが
心のどこかに残っていたとしても

深々と
湯の中に体を沈めていると
やさしさが
もどってきます

「台所から世界が見える」――犬塚さんの詩は私たちにそのことを教えてくれます。どんなささやかな日常の事物であっても、そこから世界が見渡せたらどんなに楽しいでしょう。

私も、深々と湯に体を沈めたくなりました。

「断腸文庫」シリーズ

詩集『農の末裔』

犬塚さんのシリーズ「断腸文庫」の中に『鳥のことば』『農の末裔』『魚のことば』『五島の木』という詩集がある。これは犬塚さんが育った五島に思いを馳せて書かれたものである。とりわけ農の末裔として土と共に生きたお母さんへの思いの溢れた『農の末裔』を取り上げてみたい。

友誼

母が
嫁にきて
ずっとつづけてきた
土との友誼
それは
土に種を埋めることだった

（中略）

母は
土との友誼を深めることで
貧しくても農民だった
農民であることの誇りを
収穫した
麦や
粟や
栗や
胡麻を
一粒一粒の手ざわりの中で積みあげた
農民は最早いらないといわれて
畑をとりあげられて

都会で生活しなければ
ならなくなった今も
母の手の中には土があり
生命の種が
かくされているのだ
（後略）

「母の手の中には・・生命の種がかくされているのだ」には犬塚さんの母上への最大の敬意が表されていると思う。そして、さらに、その母の人生が幸せであってほしいとの願いが「余裕」という詩に表れている。

余裕

春になれば
畑には
そら豆の花が咲く
その花を
母は
一度でも美しいと思ったか
（中略）
母は
自分の畑の自分の作物が
一生懸命に花を咲かせているのを見て
美しいと思うこころの余裕が
一度でもあったか

土とともに生きて、子どもや家族のために働いた母が、作物に咲く花を美しいと感じるこころのゆとりがあったかを問う息子のこころ。きっと、息子は土にまみれて働く母の姿を美しいととらえていたでしょう。花や作物に囲まれている母の姿を。生命を生み出す母のたくましさへの感慨とともに。じゃがいもの花も「しろ」や「うすむらさき」の花をつけたのを見て、母は美しいと思ったかどうかと。
高度経済成長政策によって日本の工業化が一層進められ農業では食べていけなくなり、多くの農民が土地を手放し都会へ。犬塚さんも例外ではありませんでした。

だれも耕さなくなった畑には

だれも耕さなくなった畑には
麦も
そばも
みつかりません

だれも耕さなくなった畑には
大根も
人参も
有りません
（中略）
母と
息子が
都会に住むことによって失ったもの
ふるさとの
労働と
穀物の匂い
花の匂い

集団就職で都会に出てきた多くの若者の背後に、そういう日本の現実があったでしょう。母がいのちがけで、耕した農地に、もう生える作物の一つもない無念さが溢れます。

この詩集には「大麦」や「小麦」「蕎麦」「粟」などの作物の伝来のいわれや、それらを育てる苦労、それで生計をたてられない農民の苦しさなどを謳っている。

メソポタミアのチグリス・ユーフラテス川の沃野で紀元前一万年に栽培されはじめた大麦、「大麦を食べなくてもよくなったことが／貧乏からの脱出だと思っていることが／寂しいのだ／大麦よ／これでいいのか」と謳っている。

蕎麦については「みのらなかった稲作の／後作救耕穀物として作付けされた」。かつて飢饉から農民を救った蕎麦も「日本の蕎麦は／ほとんどが輸入されている」。「蕎麦をつくって／生活を自立できる農業がないのだ」。雪がふったような一面の白い花を見ながら問う。これでいいのか日本の農民は？　と。農業への愛着を謳った詩を紹介しよう。

農民志願

光の願いを聞いてやるには
どうすればいいか
一日いちにち明るく
色づいて行く
トマトよ

風の願いを聞いてやるには
どうすればいいか
花も葉も空気にゆさぶられて
みのって行く
えんどうまめ

水の願いを聞いてやるには
どうすればいいか
一カ所に集まって球になり
水滴が光っている
れんこんの葉

土の願いを聞いてやるには
どうすればいいか
土深く太って行く
一本の白い根の
大根が

光が、風が、水が、土が、種と触れ合い、作物の実りとなってゆく。都会へ出て工場労働者となった犬塚さんが、果たせなかった夢が、美しい旋律と共に歌われているようだ。これは、農民への賛歌でもある。いまごろ五島の空で風と遊んでいるかも・・・。

「断腸文庫」シリーズ

詩集『こころに出あう旅』

犬塚さんの「断腸文庫11」に『こころに出あう旅』という詩集がある。小腸を切り取った後の入院、闘病生活の中で、これからの人生に何を求めて生きるのか、犬塚さんの苦しい自らへの問いかけの詩集である。

絶食

絶食がつづいていて
一カ月もすぎると
食べたいとは思わない
（中略）
友が
見舞いにくれたオレンジ一つ
食べることはできないが
明るい色が
おれをなぐさめるのだ
その匂いが
おれをすくうのだ
高熱になると
爪を立て匂いをかぐのだ
落ちこむ気分を
匂いでやわらげるのだ
友がくれたオレンジ一つ
おれの手のなかにある
今日のおれの生きているすがただ

小腸がないので食事ができない。栄養素は点滴に頼っていた。

人生

生きるということは
おれの人生が
これからもつづくということは
どういうことか
死なないで
生きて行く
働くこともできないで
一人で生活することもできないで
おれにどんな人生がまっているのか

（中略）

土地を無くして
花壺の水の中
まだ生きていて
かすかな匂いをはなっている
おれの人生も
あの白百合の花なのか

会社の総務部長が主治医と話し合ったらしい。退院したら職場復帰ができるかと。しかし主治医は無理だと言った。手術から2ヶ月たって、まだ絶食が続いていたころ総務部長がやってきた。犬塚くんの体は仕事ができるようにはならないらしいので、退職してもらわなければならないと。

失業

早く元気になって

社会復帰したい
働いて一家を支えて行かねばならない
そう思っていたおれの心を
突きぬけていった
一発の機銃弾
やすやすと
病院のおれに
失業がきた

そんな厳しい状況の犬塚さんは、点滴の輸管を吊るしながら仕事をした。

編集

熱の出ない朝のうちにしようと
俳人の井沢唯夫と
歌人の潮虎平がやってきた
おれも起き上がって
寝台のすそで
三人で原稿を見ながら
編集をはじめた
割付が終わり
二人が帰り
おれはまた高熱を出して
氷枕の上でうめいた

犬塚は絶食と高熱の中で、はがきを書き電話をかけ、編集し、校正し、反戦反核平和詩歌句集第一集『被爆予定』を発行。それを発送もした。

その仕事はその後、大阪詩人会議の原圭治さんに引き継がれている。

自らの人生を木になぞらえて書いている。

木の世界

おれは
まだ生きている一本の木
大きい木ではないけれど
広げた枝に
妻や
子どもという
小鳥をとまらせて
せいいっぱい生きてきた
しげる緑の
葉が一枚もなくなったら
おれと
妻や

こどもの
一本の木の世界はどうなるのか

別の作品でも書いている。

たおれた木　（一部抜粋）

家族にとって
父であるおれは
あの大きな一本のポプラの木だった
安心して
雀が
夜眠る木
歩けなくなって
働くことができないおれは
切りたおされて

地面によこたわった一本のポプラの木なのか

小腸を切り取っただけでなく、カルシウムを吸収できないため股関節が悪くなり人口骨頭にする手術を受けた。一人では靴下もはけず爪も切れない。その後、心不全や腎不全も患った。そんな体になっても、犬塚は仕事を探しに職業安定所に行った。50歳を越えると仕事は警備やビルの管理や掃除人ばかり。人工関節の脚では何もできない。残雪の甲斐駒ヶ岳に向かって「おれに生きる勇気をくれ、いましばらくは、おれもここに、並び立っていいではないか、これからも生きていくために」と呼びかける。

「断腸文庫」シリーズ

詩集『峠の歴史』

ふるさとの峠。その峠は、売られて行く女郎や紡織工、男は炭鉱に。彼女らを見送ってきた。犬塚さんの「断腸文庫13」に『峠の歴史』がある。峠や、そこにいる石の地蔵さんの目を通して、犬塚の心の内が語られる。ある意味、日本近現代史の証言でもある。

人買いに買われて海を渡った「からゆきさん」について、いくつか詩を書いている。

からゆきさん

からゆきさんは
何だった
・・・
五島や
天草や
島原の
としはもいかない子守娘の
何だった
いもと
麦の
島の飢えから解放されて
からゆきさんは
何だった
絹の手袋
鳥の羽根の帽子
何だった
父や母にしおくりをして

何だった
からゆきさんの
こころの中は
何だったのか
みたものはいない
だれもみたものはいない
歴史にとざされて　（略）

あとの連にこう書いている。「日本の歴史のとざされたやみの地獄火　今もまだ　燃えているのか燃えないでいるのか」。

日本の産業革命に大きな役割を果たしたのが炭鉱である。農村で家族を養っていけない農民たちが出稼ぎに行く。男だけではなく女までも。男は炭鉱夫として石炭を掘る。それを〝さき山〟という。掘った石炭をトロッコで運び出す、これを〝あと山〟という。これを夫婦でやるのである。山村や農村の労働者をかり集めてまわる募集人と峠を越えて出ていくのである。

夫婦

ふんどし一つ
腰巻一枚の裸で
カンテラの灯の中で
地底をはいまわり
うすいうすい炭層の
石炭を掘りながら
夫婦は何を思っていたか
何を考えていたか

地下水や
地中のガスや
地底は地獄の一日てまえ
抗夫長屋では
飢えた子どもが
父母の帰りをまっている
二人手をとりあって
峠をこえて
ふるさとを捨てて出てきた日のことを
夫婦は想いだしているか
想いだすことがあるか
生きて
ふるさとへは帰れないのだ
死んでも
ふるさとへは帰れないのだ

人と同じように、馬も炭鉱に駆り立てられていった。馬は飼い主の農家が破産したので炭鉱に売られたのだった。昼も夜もない地底の坑道で石炭を入れた箱を車に乗せて引っ張ったのだ。

馬

・・・
目かくしされ
鞭打たれ石炭箱を引くのだ
・・・
何も見えない馬は
見えないその目で何を見たのか
土手の菜の花の匂いや
青葉のすきとおった風や
若葉青葉の

かがやく光を見ていたか

目かくしされて
昼も夜もない地底の道を
石炭車ばかり
引っぱっていると
馬は視力を失って
目がみえなくなるのだ
しかし馬はその見えない目で
しっかりと見ていたのだ
そこにいる人間を
馬に鞭を当てて
その人間を

時代は当たり前のことを素直に表現することを認めなかった。当時は、生活綴り方運動が民主的な教師によって進められていた。犬塚も、その影響を受けて、作文を書いた。
「おれたち　何で　びんぼうなのか」、「一生働いても、上の学校に行けず、米も布も買えず、電燈もなく・・・父も母も老年になりその子のおれはどうすればいいのか」と。

先生

・・・
先生は
本当のことを書けといった
峠のむこうには
町があり
町では働く者はみんな団結して
生きているのだといった

おれは本当のことを書いた
やがて峠をこえて
町から
村にやってきたのは
警察だった
警察は
先生をつかまえると
アカだといって
峠をこえてつれていった

先生は
おれたちの味方だったのだ
おれたち何でびんぼうなのか
今も
おれは
びんぼうだ
先生はきっと知っていたのだ
　おれたちが何故びんぼうなのか

「寅吉」という詩がある。桶屋の息子である。一人前の桶屋職人として独立したところである。寅吉にまもなく嫁がくるという、どんな嫁か・・・ところが来たのは赤紙の一枚の召集令状。寅吉は三十八式歩兵銃という重たい銃をかつぐのか、まだ嫁もいないのに寅吉は峠をこえて戦場に行くのか。ここでもやはり、石の地蔵さんが寅吉を見送っている。山萩が咲いている早朝の峠で・・・。

「断腸文庫」シリーズ

詩集『私的生活』

犬塚さんの「断腸文庫」に『私的生活』という詩集がある。小腸を切り取った犬塚さんの、壮絶な闘病生活・並びに生きることへの渇望が溢れる詩集である。

「夜眠っていて気づかないで下痢をしている。／パンツの中に／下痢で出てきた／米粒や／そのままの形の野菜の葉っぱや／おれの大便のひとかたまりがある／冬ともなると／裸になってふるえながら／ぬいだパンツを洗うのだが／なさけなくなってくる／それは、時と、ところを選ばない」。「立往生」という詩がある。「そこまで行けば・・／もうすぐそこだというのに／あふれてきたのである／押し出してきたのである／防ぎようもなく落ちてきたのだ」。道中で処理する様子は想像するも苦しいことである。

長い間、賀状も出していなかったので犬塚さんは友達に手紙を出した。友から返事が届いた。

おれは犬塚は死んだものだと思っていた
小腸を切取ってしまって
生きるか
死ぬか
といっていたあのとき
おれもおれの周囲の者も
犬塚は死ぬだろうと思っていたのだ
たしかにあれから
犬塚は死んだというはなしは聞かなかった
けど

死んだのだとばかり思っていた
生きていたのか
本当に生きていたのか

病気になっても、犬塚は詩人である。自らの詩人としての資質を問うている。「詩人」より。

つまらない詩ばかり書いている
くりかえす下痢や
人工関節の
脚の痛みのことや・・・
書いても
書かなくてもいいそんな詩を
一人の詩人の肉体が病んでいることなど
世界の革命に
何の関係があるだろう・・・

つまらない詩人が
つまらない詩を書いて
おれの生涯は
つまらなく終わるのか

詩人は、どんな時も、自らの心のうちに詩がやってくるのを待っている。「詩」より。

病院の
待合室にすわって
詩をつくっている
題材も
主題も
うかばないのだけれど
ただ黙って
詩がくるのを待っている

詩は木から自然に落下する果実になって
言葉の海に落ちてくる・・・
食べられるか
食べられないか

（中略）

今は
まだ詩はやってこない
病院は
おれのように
何かをまっている人々があふれていて・・・

犬塚の生きる闘いは続く。「生きていく意思」より。

点滴を注射していると
いつのまにか眠っていた

夢のなかで
海の底の魚になり
空の小鳥になり
思いのままに泳いだり
飛んだりしていた
目がさめると
胸の上には脂肪乳酸液が吊るされていて
まがってのびない手の指や
歩くと痛む脚や
おれの自由にならない肉体が
ベッドによこたわっているだけだ

ベッドに縛られながら「自由」に憧れる犬塚である。

この世界に
自由という鳥がいて
その鳥が
おれの心の上に止って
自由
自由と鳴いたら
おれはどうすればいいか
おれのこの足では空は飛べない
おれのこの手では空は飛べない
おれは自由を
どうしたら自分のものに
することができるのか

犬塚の心の内の叫びに応えてあげたかった!

「断腸文庫」シリーズ

詩集『友誼』

憲法9条の平和条項を空洞化させ、特定秘密保護法や集団的自衛権の容認、安保関連法の強行と、平和を巡る状況は増々不穏な状況になっている。そのことを、早くから犬塚さんは危機感をもって作品に表している。「断腸文庫16」に『友誼』という詩集がある。周辺事態が強調され不安をあおるような空気が濃厚であった頃である。

友誼

靴をつくる
帽子をつくる
ブラウスをつくる
背広をつくる
生活に必要なものをつくるのだ
つくることが
それがおれたちの労働で
だからおれたちは労働者だ
働いて
人生を生きているのだ
国は違っても
労働者同志
戦争には反対だ
友誼と
連帯を
そだてるのだ

出だしから犬塚は労働者の連帯で戦争に反対しようと呼びかけるのだ。

クレーンを運転する労働者についても書いている。

たとえ
命令されても
強制されても
八月の太陽の下
クレーンを運転しているのは労働者だ
洗い晒しの作業服の
港の労働者だ
クレーンに吊りさげられているのが
戦車だったら
装甲車だったら
砲弾だったら

戦争には反対だと
手をとめることもできるのだ
身体をはって
団結するのだ
われわれは労働者
自由がある

1999年発行の詩集である。周辺事態について書いている。

「初秋の／さわやかに晴れた日に／となりの家では派手な夫婦喧嘩がはじまって／包丁がとんできた／というのではないのだ／周辺事態とは」

「夏のある日／空から突然ミサイルが落ちてくる／雲一つ　　ない空から／となりの国で戦争がはじまった／日本も／その戦争にはせさん

じる／ということだ／周辺事態とは」

犬塚は平和な暮らしの中に、いつの間にかしかけられるワナについて警告している。各詩の中からいくつか挙げてみよう。

わたしはしあわせ

わたしはしあわせ
と思っているうちに
恋人は軍隊にはいって
戦車や銃や
ミサイルばかりが好きになって
敵だ敵だといっている
これが
日本有事だったのか　（後略）

うた

うたをうたうことを
なぜ禁止するのか
歌はこころの命
うたをうたえば元気がでる
うたをうたえば抵抗がめばえる
うたをうたえば団結のこころがわく
戦争になっても　にんげんはみんな
戦争反対のうたをうたっているのだ

その時

その時がきたら

愛とか
きずなとか
くらしとか
平和とか
みんな否定される
それは何の役にもたたないからと
その時がきたら
銃とか
砲とか
ミサイルとか
暴力や拷問や虐殺が
みんな肯定される
それはこの国のために役に立つからと

ミサイルが飛んでくるかもとの不安があおられているかの国にも思いを馳せる犬塚さん。

「あの国にも／いくつもの大小の川があり／初夏には河の土手に／たんぽぽや野げしの花が咲くだろうか／それとも／あの国の飢えた子どもたちの手で／根から掘り取られて／食べられるそれらは／ことごとく絶滅してしまっているが／あの国で飢えているのは／こどもたちだけではなく／大人たちもどうようだから／初夏になっても／河のほとりの土手には／一茎のたんぽぽも／野げしの花の一つも無いのだろうか・・（中略）・・飢えたあの国の野や原は／今どうなっているか／わたしはそれが知りたいのだ」

今、問題になっている辺野古新基地に反対する闘いにも目を向けている犬塚さん。

平和と
自由と
人権をまもることは
命あるものが
ともに生きることだ
人間は
その中心にいるのだ

海上基地

そこの海には
ジュゴンが住んでいる
アジアで人魚といわれてきたジュゴンは
絶滅しかけていて
日に焼けた漁師が
海底から上がってくるように
顔を出すのだ
海底ではサンゴが潮にゆれ
ヤガラやブダイがおよいでいるのだ

命という詩の中でこう結んでいる。

「断腸文庫」シリーズ

詩集『対話』1

犬塚さんの「断腸文庫」に『対話』という詩集がある。その詩集の中に、「ふくろう」という題名の詩がなんと21もある。表紙の小見出しに「ゴロッホ　ホーホー」とあるが、これがふくろうの鳴き声らしい。「フクロウ」を通じて何を表現されようとしたのだろうか。

おれのこころの
森は深くて
そこに一本のブナの木が立っている
ふくろうが一羽
とまっている

（略）

おれのこころの森は
日は照らず
雨は降らず
一枚の木の葉もそよがず
沈黙が海になっていた
鳴いているのはふくろうだけだった

おれのこころの森は・・・
いつも何かに耐えていた
いつも何かを求めていた
いつも自由だといっていた

小腸を切り取ってしまった犬塚さんの闘病の壮絶さはこれまで紹介してきたが、犬塚さんの心のたたかいまでには迫れなかった。この詩の中に胸の痛くなるような彼の心の内が見えるではないか。
犬塚は書いている。家ばかりの都会の森にもふくろうがいるのか。遠くかすかに鳴いている。どこかに廃墟のビルがあってそこに棲みついているふくろうがいるのか。コンクリートと鉄筋がむき出しになったままのおれのこころのようだな。鳴いているその声はおれのこころの未来の原野を吹く風の音かも知れない・・・と。
この詩集は孤独なふくろうとの対話の中で自らの心の内を明かしていく。ふくろうは犬塚さんの分身でもあるだろう。

おまえの不満
おまえの不自由
おまえの不平等
おまえの不運
どこから来たか
問われておれはふくろうに答えられない‥
（略）
ふくろうはおれのこころに
いつも向き合ってくれている

ふくろうと対話することで、自らの心の内を、その葛藤を確かめ、癒されていくことができたか・・犬塚さんは。繰り返す自らへの問いかけ、想像するに苦しいものだっただろう。

おふくろと二人で聞いたふくろうの声
今
おれ一人で聞いている
ゴロッホ　ホーホー

ゴロッホ　ホーホー
これでよかったのか
おれの人生は
汗して働いてきはしたが
本当にこれでよかったのか

一方で、ある覚悟がこころによぎるかと思えば、じっとしてはいられない犬塚さん。

おれはふくろうの声を聞くと
黙っていられなくなる
何かをしたくなる
どこかへ行きたくなる
行くところがあると思うのだ
行くところとは
しかしそれはおれのこころのなかにしかないのだ

この頃、自由にならない体で、ふくろうの自由を、自分の自由をいくつかの詩の中で書いている。

厳しい闘病生活の中で、なおかつ犬塚は精神の自由を求めていたのだ。

ふくろうが
なぜ好きかといえば
その
生きている姿だ
自分の世界を
確立している姿だ
おれはおれ
おまえはおまえと

はっきりしていることだ
支配も
服従も知らない
唯一
自存

（中略）

友にえらぶとすれば
こういう奴だ
損も
得もいわない
そういう友誼をもっている奴だ
ふくろうは
そういう鳥だ

自らの心との果てぬ対話を、ふくろうと続けていたのだ。そうすることで病に負けぬ精神性を維持していた。

「おれのこころが／くらいとき／そばにきて／ふくろうが鳴く／ゴロッホ　ホーホー／ゴロッホ　ホーホー／ゴロッホ　ホーホー　その声を聞いて／おれのこころはいくらか晴れる」

　病の中にあっても「いかに生きるか」かが犬塚の切実なテーマだ。「今は手も足も青年のようには動かない、わずかに読書をし昼寝をし少しばかりの物を見て・・・」と。

「断腸文庫」シリーズ

詩集『対話』2

フクロウとの対話を通じて、犬塚は本当の自分を生きていた。しかし闘病は過酷で、犬塚の心を苛む。

歩けなくなったとき
わずかに
おれは自分の前をみている
一歩まえを

（中略）

歩けなくなったとき
歩けないのは
足が痛いからだが
痛い足で立とうとしても
立てないというだけのことだが
おれは
ふりむかない
おれのこころの森の
一番高い木の上で
ふくろうが鳴いている

（中略）

あの声は
もう一度立てと鳴いているのだ

（後略）

その時の犬塚の心を想像すると苦しいものがある。しかし、犬塚は木の上の同志を見上げ続けるのだ。

病院まで自転車を走らせ、息が苦しくなり、病院の長椅子の上にたおれる。しかし犬塚は書く・・・。

しばらく休んで
少し体力が回復すると
病院の待ち時間は詩の時間になる
おれは空白のノートに
ふくろうと一行書く
おれは今　詩の世界で
ふくろうと生きている

どこまでも、詩人である。
犬塚は、自らの闘病生活を「流刑」と例えている。

夏の流刑

おれは今
外出禁止令を出されたようなものである
病院へ行く他は
家から一歩も出ない生活が続いている
この夏は特別の猛暑で
おれの体力では
日照りの街は歩くのに耐えられないが・・・
（中略）
そして一日の大半は寝転がっている
おれは今何もしていないと思い
おれは何かしなければならないと思い
おれはいつも何かに追われているように
思い
思うだけで

時間は過ぎて行く

（中略）

おれは今
屋内軟禁のようなものだ・・・
一人で思いをめぐらせていると
いつのまにかおれのそばにきて
おれのはなしあいてになっているのは
一羽のふくろうだった

（後略）

ふくろうとの対話に癒されながら、それでも心の空白は埋められない。「飢え」という詩に書いている。

脚や
腕や
手や
痛いいたいと悲鳴をあげることはあっても
それで死ぬことはないだろう
おれが今一番飢えているのは
労働であり
創造である
働けない体のくやしさ
はたらけない体のなさけなさ
こころが飢えているのはそのためだ
自由にならない肉体を
自由なこころで支えて
明日にあるか
明日はある
とおれはおれにいいきかせているが
それでも
つい
こみあげてくる飢えを

押しとどめることはできない
まるごとおれという人間の
人生

犬塚さんの闘病の日々話し相手になれなかったのが残念。

ここで、犬塚は苦悩の内にも、自らのこころは自由であると自負している。犬塚を支えたのは、最後まで手放さなかった自由の精神である。「生きる」という詩を見てみよう。

働けないとは何か
病むとは何か
立っていることができず
椅子に座ったままじゃがいもの皮をむく
鍋に入れるのは
来し方
行く末
一碗の種ではない
料理の具ではない

「断腸文庫」シリーズ

詩集『大阪』

「断腸文庫22」に『大阪』という詩集がある。その中に、「大阪」という題名の詩が60も入っている。その中には、在日の人たちへの連帯や、労働者のなかまへの連帯が詩われている。

済州島ゲリラの生き残り
という詩人にあったのは
いつだったか
（中略）
二次会の酒場の二階
詩人はランニング一枚になった
冬のランニングに破れた穴が
二つ三つあるのが発見できた
おれはその破れた穴に感動した
何故って？
詩人もおれの仲間だと思ったからだ
五島から大阪へ
出稼ぎにきていた労働者のおれの
仲間だと思ったからだ
（中略）
今もある日本社会の
朝鮮人に対する差別の中で
その一枚のシャツに
抵抗と
抗議を
こめていたのだ

米軍政下にあった朝鮮南部で南北分断に繋が

る単独選挙が行われようとしていた頃、済州島で起こった蜂起を警察や右翼が弾圧、3万人もの島民が犠牲になった4・3事件。

ランニングの破れた穴に自分と共通した労働者性を見た犬塚さん。別の詩で書いている。

「店の客が帰って／いなくなった深夜／カウンターで／詩人が集って／ビールやウイスキーを飲みながら／何万羽の死んだふくろうの／何万羽の殺されたふくろうの／はなしをした／その時おれは／詩人のマスターが怒っているのを見た／何万羽のふくろうは／詩人の／なかまだった」

犬塚さんは、蜂起した3万人もの人々を、ふくろうと表現している。ふくろうは生き闘う労働者なのである。

沖縄の労働者と連帯し、自らの生き方を問う犬塚さんの姿がある。

倉庫のようなところで
基地の労働者に会っての帰り
那覇で
泡盛を氷で割って飲んだ
おれと
義手と
沖縄の労働者の一人と
三人で
おれはまだ二十代
たかが詩人で他の二人は革命の闘志だった
あの那覇の夜に
おれが思ったことは
大阪へかえって
何をするかということだった

あの時
おれのこころの中で
激しく羽搏いて飛び立とうとしている
一羽のふくろうがいた

犬塚さんが、この時、こころに決意した暑い思いが伝わってくるような気がする。私がそうであったときのように。

おんぼろアパートの
オリーブ荘を
地震のようにゆさぶって
阪和線の電車が通りすぎていった
今は深夜の一時か二時か
おれは一人で原稿用紙に向かっている
今このときも

ベトナムでは
アメリカ軍の空爆がつづいていて・・

かつて私も阪和線沿線の四畳半の部屋で阪和線の電車にゆさぶられながら夜学生の暮らしをしていた。

一羽のふくろうに案内され、古本屋の店先で、犬塚は小野十三郎の詩集『大海辺』に出会っている。「敗戦のあとの／大阪の河口や／海辺に／ひたひたとおしよせていた／海の潮の匂いが／一冊の詩集にたちこめていた」と書いている。

鉄板を
電気溶接して
鉄の箱をつくって行くのが
仕事である

鉄の箱をさらに溶接して接続して行くと
巨大タンカーになる
（中略）
おれたち溶接工二人つれだって
甲板の夜風に当った
ぼろぼろの肉体
ぼろぼろの精神
そしてやっぱりぼろぼろの顔をしていた
おれたちは
立派な
ふくろうだった

闘う労働者としての自覚が犬塚に「りっぱな」と表現させている。大阪の労働現場の実態や、労働者としての連帯のこころを多くの詩に書いている。ある詩から、その一部を抜粋。

「鋼鉄の造船材を吊るした／起重機の上から／おーいーと呼べば／おうー　とこたえる／造船の友よ／今は／ここが踏んばりどころだ／労働者の連帯を呼びかけるときだ／黙っていたらみんなやられてしまうのだ／暗い船台の上で／電気溶接の火花をあげている友よ／聞こえるか／ここがおれたちの戦場だ・・。」

「平和を求めて」シリーズ

詩集『銃を花で』

詩集『友誼』を出したあと、犬塚さんはエッセイ集を数冊出され、その後、平和へのメッセージ性のある詩集を出していきます。「平和を求めて」というサブタイトルをつけて。その最初の詩集が『銃を花で』という詩集です。その詩集に犬塚さんの呼びかけの手紙がありました。「九条を守ることが、日本の平和を守ることであり・・・」「このようなメッセージ性の強い詩は、詩ではないと否定する傾向があることは知っています。しかし今日の社会や政治を反映しない詩は、現代詩の名に値しないのではないかと、私は思っています。」と。そして「詩を書かない人にも広く読んでほしいと思っています」と書かれています。

人々が

人の暮しに
銃はいらない
人の暮しに
地雷はいらない
人の暮しに
戦車はいらない

（中略）

人が生きて行くためには
朝の食卓の一切れのパン

人が生きて行くためには
だれでも安心して働ける工場
人々が幸せになるためには
世界は平和でなければならない

詩を書かない人たちも、誰でもよめるやさしい語り口で犬塚さんは、平和へのメッセージを発します。

平和

朝の
コップ一杯の牛乳のように
みんなが
必要にしているもの

昼の
カップ一杯のコーヒーのように
みんなに
好かれているもの

夕べの
ジョッキ一杯のビールのように
みんなのこころを
潤すもの

人々が、ほっとして、心のよろいを解いてくつろげる時の、安らぐ時間。それが、平和の象徴なのです。でも、そのためには、求めているだけでは安らぎの世界はやってこない。犬塚さんは、「選択」を呼びかけるのです。

「選択」の詩の一部です。

死か
生か
戦争か
平和か
本当は誰一人選択することもないまま
平凡に時間は過ぎて
行き着くだろう
どちらかに

そこに人類の絶滅が待っているか
ゆたかで平和な未来がくるか
選択しなければならないのは
今
おれであり
きみなのだ

やがて日本にも徴兵制ができるだろう。真っ先に兵隊にされるのは机の前に座っている小学生のあなたたち。18歳か20歳になったら軍隊に入って、中南米やアジアの各地に行きゲリラ戦を戦うのだという危険を犬塚さんは「まもなく日本はそういう大人の国になるのでしょう」と少し皮肉って警告します。そんな時代になってしまわないように、犬塚さんは呼びかけます。

悪い時代に
なってしまうまえに
言葉にしよう
自由を奪われるまえに
自由に言葉を使って

悪い時代に
なってしまうまえに
抗議をしよう
兵隊にされるまえに
戦争に反対しよう

（「悪い時代に」により）

そして犬塚さんは呼びかけるのだ。

銃を花で

銃を
花で飾ろう
銃口を　銃床を
銃把を
花で飾ろう
いっぱいのポピーやグラジオラスの花で
だれも
銃を使えないように・・・

このあと「戦車を花で飾ろう・・」と呼びかける。

「平和を求めて」シリーズ

詩集『鳩と雀』

犬塚さんの「平和を求めて」のシリーズ『鳩と雀』を見てみたいと思います。
断腸の手術をして、病院通いをする犬塚さんにとって、道すがら出会う鳩や雀が、心の慰めとなったものと思えます。また、犬塚さんが問題意識をもって考えていたことについて、鳩や雀と対話をしていたとも思われます。

今朝
死んだ雀が
死んだ子雀が路上に一羽
並木のメタセコイアは
若葉のみどりが輝いて
すっかり空は晴れ渡って

こんな日が
どうして死にふさわしかろう
こんな日には
だれも死んではならないのだ

（「いのち」より）

と、「砕かれた羽の下から血をにじませて死んでいる子雀」を悲しむ犬塚さん。自らの生を見つめながら。

雀

呼ばれたって
行けないのだ
おれは人間だから
木の中へは
葉の中へは

雀よ
なぜおれを呼ぶのか
そんなに
木の中から

雀

メタセコイアの
林の中を
一人で歩いていると
足元から飛び立って
木の中に飛び込んでいったのは
雀だった

そのまま
メタセコイアの若葉に
なってしまった

散歩道で出会う雀がまるで呼んでいるような気がして、ほとんど雀と一体化している犬塚さんがいる。そして、雀もまた、メタセコイアと一体化して緑の中に溶け込んでしまったようだ。「鳩にあった日は」の詩の中にも、「何かいいことがあるだろう、夢がいっぱいふくらむだろう」「港の船着き場には昔の船が　古い恋人のように　泊まっている」「世界中が戦車も銃弾もいらなくなって　みんなが抱き合い　握手をかわしている」と。犬塚さんにとっても、鳩は「平和」のシンボルであり、親しい「友人」そのものであるのだろう。

　イラク戦争とは、アメリカを中心とした有志連合軍が、大量破壊兵器を所有していると、サダム・フセイン政権を倒すために首都バグダッドへの空爆を皮切りに起こした戦争である。日本でも、非戦闘地域ならいいのではと、自衛隊派遣を「イラク特別措置法」で決めてしまった。

　病床にありながら、犬塚さんはイラクはどうなるのかと気をもんでいた。

雀

毎日の下痢で
特に朝ははげしいので
トイレに入ったり
出たりするのだが
便器に座って聞いていると
イラクは
どうなっているかと話しているのだ
雀もイラクのことが気になっているのだ
アメリカが
何時イラクに戦争をしかけるか
今日か
明日かと

情報を交換しているのだ
戦争になれば
イラクの雀もたくさん死ぬだろう
どうしたらイラクの雀を助けられるか
そんな話を日本の雀がしていたのだ

私たちもイラク戦争反対の集会やデモに参加してきた。犬塚さんは人一倍、心配もし、作品で訴え続けた。

大量破壊兵器など、どこにもなかった。自衛隊派遣で、日本政府は、自衛隊が危険な目に遭いそうになったことを隠してきた。自衛隊の日報問題が後に明らかにしたことによると、自衛隊の駐留地に銃弾が飛んできたのである。それ以外のことを国民には知らされていない。

イラク戦争後のことについても犬塚は書く。

戦後

イラクのことは
イラクにまかせよ
バグダッドが陥落し
フセイン政権が崩壊しても
イラクという国は
イラク人の国であり
アメリカ人や
イギリス人の
国ではないのだ
というのが
議論好きの雀の
電線の上での
今朝の会話である
おれもそれを聞いていて

なるほどそうかと
納得しているのだ

日本の自衛隊が、他国への戦争に手を貸して
ほしくない。

イラク

近寄ってきて
雀は見ている
迷彩服を着た兵士が
やってくるのを
あれはだれだろう
何をしにきたのだろう
兵士だという証拠に
ちゃんと
銃をもっている
日の丸のマークが
ついている

見たくないけしきである。

あとがき

幼い時の病気で、右股関節が利かず、左右のバランスが取りにくかった私は、それでも自分の足で歩き、自分の目で確かめ、詩を書いてきました。

詩の内容は、前回の詩集では市中でのさまざまな出会いの中から生まれたものが多く、電車や地下鉄での出会い、ホームレスの人との交流、街中の喫茶店でのことなど、移動していなければ体験できなかったことばかりです。

夫とパリの街歩きをしたり、マッターホルンのふもとのハイキングまでしたのです。また、東北の大震災の時は矢も楯もたまらず、一人で東北の見知らぬ街まで出かけていきました。不自由ではありましたが、自分がやりたいと思ったことは次々と実現していきました。

75歳を過ぎてからは、次第に歩くのが困難になり、私鉄や二つの地下鉄の路線を乗り継いで片道一時間半もかかって通っていた教育相談室も行くことができなくなりました。今は電車もバスも乗れません。近所への買い物も一人で行けるところはそうありません。

堺市から、和泉市に引っ越しました。今まで来たこともない街です。介護や訪問診療などを受けやすいマンションということが、決め手だったように思います。看護師さんやヘルパーさん、リハビリ師さんなどの訪問があり、我が家は賑やかになりました。

また、別の病気で不安感を抱える夫が、毎朝の短い散歩に付き添ってくれたり、すべての買い物を引き受けてくれたり、その存在なくしては、私は生きていけません。

ほとんど動けなくなった私が見る身近な世界は、詩人にとっては想像力を豊かに拡げるには限界がありそうですが、前詩集の最後に書いた「これからはシンプルに、最低限の目標を掲げて地道に生きるしかない」を、実現するしかありません。

詩を書くことで、ささやかに「出会い」続けていくことができれば幸いです。

二〇二五年一月

三浦 千賀子

三浦千賀子（みうら・ちかこ）

1945年生まれ
中学校で31年間教員生活
NPO法人　おおさか教育相談研究所の
相談員を18年間

詩集
『憧憬　わたしの子どもたちへ』（アットワークス）
『自分のことばで』（清風堂書店）　『一つの始まり』（竹林館）
『今日の奇跡』（竹林館）　『友よ、明日のために』（竹林館）
『リュックの中身』（竹林館）　他
教育エッセイ
『自閉症の中学生とともに』（未来社）

関西詩人協会会員
大阪詩人会議「軸」会員
詩を朗読する詩人の会「風」に参加

住所　〒594-0031　和泉市伏屋町3-14-38　中楽坊305号

詩集　たった一つのいいこと
2025年1月10日 第1刷発行
著　者　三浦千賀子
発行人　左子真由美
発行所　㈱竹林館
〒530-0044　大阪市北区東天満2-9-4　千代田ビル東館7階FG
Tel　06-4801-6111　Fax　06-4801-6112
郵便振替　00980-9-44593　URL http://www.chikurinkan.co.jp
印刷・製本　モリモト印刷株式会社
〒162-0813 東京都新宿区東五軒町3-19

ISBN978-4-86000-529-0　C0092